刘亮程

著

我的孤独在人群中

江苏凤凰文艺出版社
JIANGSU PHOENIX LITERATURE AND
ART PUBLISHING

第一章

我的

第二章

孤独

第三章

在人群中

我的

我的孤独在人群中

我五岁的早晨

// 五岁的早晨

我五岁时的早晨，听见村庄里的开门声，我睁开眼睛，看见好多人的脚，马腿，还有车轱辘，在路上动。他们又要出远门。车轮和马蹄声，朝四面八方移动，踩起的尘土朝天上飞扬，我在那时看见两种东西在远去。一个朝天上，一个朝远处。我看一眼路，又看天空。后来，他们走远后，飘到天上的尘土慢慢往回落，一粒一粒地落。天空变得干干净净。但我总觉得有一两粒尘土没有落下来，在云朵上，孤独地睁开眼睛，看着虚土梁上的村子。再后来，可能多少年以后，走远的人开始回来，尘土又一次扬起来。那时我依旧是个孩子，我站在村头，看那些出远门的人回来，我在他们中间没看见我，一个叫刘二的人。

我在五岁的早晨，突然睁开眼睛。仿佛那以前，我的眼睛一直闭着，我在自己不知道的生活里，活到五岁，然后看见一个早晨，一直不向中午移动的早晨，看见地上的脚印，人的脚和马腿。村子一片喧哗，有本事的人都在赶车出远门。我在那时看见自己坐在一辆马车上，瘦瘦小小，歪着头，脸朝后看着村子，看着一棵沙枣树下的家，五口人，父亲在路上，母亲站在门口喊叫。我的记忆在那个早晨，亮了一下。我记住我那时候的模样，那时的声音和梦。然后我又什么都看不见。

　　我是被村庄里的开门声唤醒的。这座沉睡的村庄，可能只有一个早晨，剩下的全是被别人过掉的夜晚和黄昏。有的人被鸡叫醒，有的人被狗叫醒。醒来的方式不一样，生活和命运也不一样。被马叫醒的人，在远路上，跑顺风买卖，多少年不知道回来。被驴叫醒的人注定是闲锤子，一辈子没有正经事。而被鸡叫醒的人，起早贪黑，忙死忙活，过着自己不知道的日子。虚土庄的多数人被鸡叫醒，鸡一般叫三遍，就不管了。剩下没醒的人就由狗呀，驴呀，猪呀去叫。苍蝇蚊子也叫醒人，人在梦中的喊声也能叫醒自己。被狗叫醒的人都是狗命，这种人对周围动静天生担心，狗一叫就惊醒。醒来就警觉地张望，侧耳细听。村庄光有狗不行，得有几个狗一叫就惊醒的人，白天狗一叫就跑过去看个究竟的人。最没出息是被蚊子吵醒的人，听说梦的入口是个喇叭形，蚊子的叫声传进去就变成牛吼，人以为外面发生了啥大事情，醒来听见一只蚊子在耳边叫。

　　被开门声唤醒的，可能就我一个人。

　　那个早晨，我从连成一片的开门声中，认出每扇门的声音。在我没睁开眼睛前，便已经认识了这个村子。我从早晨的开门声里，清晰地辨认出每户人家的位置，从最南头到北头，每家的开门声都不一样，它们一一打开时，村子的形状被声音描述出来，和我以后看见的大不一样，它更高，更大，也更加暗哑。越往后，早晨的开门声一年年地小了，柔和了，听上去仿佛村庄一年年走远，变得悄无声息，门和框再不磨出声音，我再不被唤醒。我在沉睡中感到自己越走越远。我五岁的早晨，看见自己跟着那些四十岁上下的人，去了我不知道的远处。当我回来过我的童年时，村子早已空空荡荡，所有门窗被风刮开，开门声像尘土落下飘起，没有声音。

// 一个人要死

他们没打算在虚土梁上落脚。一种说法是，梁上的虚土把人陷住了。要没有这片虚土梁，还能朝前走一截子，但也走不了多远。人确实没力气了，走到这里时，一脚踩进虚土，就不想再拔出来。

另一种说法是，因为有一个人要死，一个人要出生，人们不得不停下。原打算随便盖几间房子住下来，等这个人死了，埋掉。出生的孩子会走路，再继续前行，找更好的地方安家。其间种几茬粮食，土梁下到处是肥沃的荒地，还有一条河，河的名字好几年后才知道，叫玛纳斯河。是从河上游来的买卖人说出来的。当时他们没敢给河起名字，就直接叫河。这么大的河，一定有名字，名字一般在上游，上游叫什么名字，下游跟着叫。就像一个人，他的头叫刘二，不能把腿叫成冯七。虚土梁的名字是他们自己起的，梁上的虚土陷住脚的那一刻，这个名字就被人叫出来。后来有了房子，又叫虚土庄。再后来梁上的虚土被人和牲口踩瓷。名字却没办法被踩瓷。村子里的生活一年年地变虚，比虚土更深地陷住人。

说要死的人是冯大，我听说本来头一年人们就准备好来新疆了，硬被冯大挡住。冯大说，我眼看要死了，你们等我死了，把我埋掉再走行不行。你们总不能把一个快死的人扔下不管吧。

冯大的死把人吓住了。

人们等了一年，冯大没死掉，饥荒却在夺其他人的命。几千年的老村庄，本来坟已经埋到墙根，又添了些死人，院墙根都开始埋人了。那场饥饿，就不说了，谁都知道。到处是饿睡着的人，路上、墙根、草垛，好多人一躺倒再睁不开眼睛，留给村庄的只有一场一场别人不知道的梦。人们再等不及，就带上这个快死的人上路了。

在老一辈留下的话中，冯大在走新疆路上说的话，以后多少年还被人想起来。

冯大说："真没想到，我从六十六岁到六十七岁，是拖着两条老腿走到的。我要留在老家，坐在炕上喝着烫茶也能活到这个岁数。躺在被窝里想着好事情也能活到这个岁数。"

王五反驳说："你要不出来，早死在炕上了。走路延长了你的命，也延长了所有人的命。"

走新疆的漫长道路，把好多人的腿走长，养成好走远路的毛病。

在我的感觉里虚土庄只是一座梦中的村庄。人们并没有停住，好多人都还在往远处走，不知疲倦地穿过一座又一座别人的村庄。虚土庄空空地撂在土梁上。路把人的命无限延长。好多人看不到自己的死亡。死亡被尘土埋掉了。

冯大又一次看见自己的死，是人们在虚土庄居住下来的第五年。人人嚷嚷着要走的事，连地上每一粒土都在动，树上每片叶子都在动，仿佛只要一场风，虚土梁上的人和事，就飘走得干干净净。

这时冯大又出来说话了。

冯大说："你们不知道我在怎样死。到今天下午，太阳照到脚后跟上时，我已死掉十分之七。我在一根头发一根头发地死，一个指头一个指头地死。我活下来的部分也还在死。已经死掉的还在往更深处死，更彻底地死。"

冯大的死又一次把人吓住，他说头发时每个人的头发仿佛都在死。他说到手指时，所有人的手指都僵硬了。

"你们光知道一个劲往前走，不知道死会让你们一个个停住。

"走掉的人也会在不远的前方死。走远的人也会在更远处死。

"远处没有活下来的人。我们看到的都是背影。"

冯大的话并没有止住人们往远处走。跑顺风买卖的人每天都在上路。人的命被路和风无限拉长。连留在村里人的命，都无限延长了。以后我没看见冯大的死。也许他背着我们死掉了。

我活的时候，谁都没有死掉。人们都好好的，一些人在远处，顺风穿过一座又一座别人的村子。更多的人睡在四周的房舍里做梦。梦把天空顶高，把大地变得更辽远。

我也没有死掉，我回去过我的童年了。

死亡是后来的事了。它从后面追上来，像一桩往事，被所有人想起。人从那时开始死，一个接一个，像秋天的叶子，落得光光了。

// 一个人出生

那个要出生的人可能是我，听母亲说，父亲担心去新疆的路会把腿走坏，把腰走断，把浑身的劲走完，到那时再没有气力生出孩子，就让母亲在临走前怀了身孕。

"扔了好多东西，"母亲说，"几辈子的家产，都扔掉了。你是我们家最轻的一件东西，藏在我的身体里带上了路。"

好多男人让女人怀了孕。那些男人，生活无望时就让女人怀孕。遇到挫折和过不去的事情，也让女人怀孕。女人成了出气筒。几乎没有一个孩子在好年成出生。一路上带的粮食越来越少，女人的肚子却一天天变大。不断有女人哭喊，许多孩子流产在路上，那一茬人不知道最后谁出生了。我听人说，人们刚在虚土梁上落住脚，我就出生了。他们因为等我才在这片虚土梁上停住，只是听人这样说。也许出生的那个孩子不是我，是别人。我和好多孩子一起流产在路上，小小的，没有头，没有眼睛和手，也没有身子，人们走远后我远远尾随在后面。我感觉到身后有一群和我一样的孩子，我没回头看他们。我那时没有头。不知道跟在我身后的人都是谁。

人们在虚土庄落脚后的好多年间，那些孩子一个一个走进村子，找到家和亲生父母，找到锅和碗。夜里时常响起敲门声，声音小小的，像树叶碰到门上。

那样的夜晚，一村庄人在无法回来的遥远梦中，村子空荡荡地刮着风，一个丢失的孩子回来，用小小的手指敲门。虚土庄的门，最早被一个孩子的手指敲响，一扇门咯呀一声，像被风刮开一个小门缝。

风给孩子开门。月亮和星星，给孩子掌着灯。

这个孩子来到世上时，所有孩子长大走了，没有一个和他同龄的人。他和风玩，和风中的树叶玩。他长大以后，所有大人都老了，更幼小的一茬人都不懂事。村里就他一个成年人。

以后我想起远路上的事情，好像我没出生前，就早早睁开眼睛。我在母亲腹中偷偷地借用了她的眼睛。那时候我什么都知道，在我没长出脚和耳朵时，我睁开眼睛。

后来有一阵，我模糊了，不知道自己是否真的出生。好像已经出生了，却一直没长大。

更早，当我是一片树叶、一缕烟、一粒尘土时，我几乎飘过了整个大地。

我在那样的飘浮中渐渐有了意识。我睁开眼睛，看见我出生的村庄，一片虚土梁上零乱的房子，所有门窗向南，烟囱口朝天。看见我的母亲，我永远说不出她的模样。她生出了我，她是多么的陌生，我出生那一刻，我一回头，看见隆隆关上的一扇门。从那一刻起，我就永远不能认识我母亲了。

我闭住眼睛。

整整一年的奔波我都看见了。

我一会儿在后面，隔着茫茫的尘土追赶他们，眼看都追不上了，突然地，我又蹲在前面的土包上，看着一群人远远走来，衣衫褴褛，疲惫不堪的样子。我从中认出我的母亲，挨个地认出以后我才认识的那些人：王五、韩三、刘二爷、冯七、刘扁。我不知道正在走过荒野的落魄人群中，哪个是我父亲，我不认识他。我在一阵风中飘过他们头顶，好像知道他们要经过哪个路口，在哪落脚。他们还在遥遥路途的时候，我便已经在虚土梁上落地扎根。我长出茎和叶子等他们，开一朵小黄花等他们，枯黄着枝干等他们。多漫长的路啊，我都快等不到头，突然地，一个傍晚他们踏上这片虚土。

// 一朵云

他们盯着天边的一朵云走到这里。我听说，一路上经过许多村庄和城市，有的地方他们看上了，人家不接受，不给落户。有的地方人家想留住他们，他们却没看上，到处都缺劳动力，到处是没人开的荒地，或者开出来没人手种又撂荒的土地。路上有几个村庄，险些留住他们，村里人给他们腾出房子，做好饭端到嘴边。他们就要答应留下了，好多人已经走得没有力气。逃荒出来，就是想找一个有地种有饭吃的地方。这个村庄什么都有，连房子都不用盖了，该满足了。

可是，王五爷不愿意。王五爷说，我们走出来的是一村庄人，不是一两户人。这片土地正在开发中，我们为啥不开一块地，建一个自己的村子。一旦住进别人的村庄，就是人家的村民了。

后来，多少年后我才知道，他们或许并不害怕变成别人的村民。从老家被坟墓包围的老村子逃出来时，他们只有一个想法，走得远远的，找一个看不见坟的村子，住下。

那应该是一个新村子，人还没开始死，都活得旺旺的。

可是一路经过的那些新村庄周围，也零星地出现新坟。这片新垦地已经开始埋人。他们只好往更远处走。

结果走到一片没人烟的荒漠戈壁。

当最后一个村庄消失在身后，路不知不觉不见了，荒野一望无际，天也空荡荡的，只有西边天际悬着一块云，人们不知道该往哪去，像突然掉进一个梦里，声音被荒野吸去，什么声音都没有了，人人大张嘴，相互张望，好像突然变得互不认识。这时就听王五爷说，我们得找一块云下面安家。云能停住的地方就有雨，有雨就会生长粮食。

他们在中午时盯着一块云朝西北走，开始云是铅灰色，走着走着慢慢变红，整个天空都红了。一直走到脚被虚土陷住，天上已经布满星星。瞌睡和疲乏更深地陷住人。后来我听他们说起这个夜晚的星空，低低的，星星都能碰到眼睛。我没看见那样低矮的星空。我睁开眼睛时，梁上的房子、草垛、直戳戳的拴牛桩，还有人的叫喊和梦，已经把夜空顶高。

第二天一早，人们醒来发现自己躺在一片虚土梁上，头顶一朵一朵往过飘云，漫长的西风刮起来了。

那时他们还不知道西风的厉害，这场风一直刮到开春，他们新栽的拴牛桩、树木扎起的院墙，还有泥巴糊的烟囱，都被吹得向东斜。风停时地也开冻了，有人想把篱笆墙扶直，把歪斜的拴牛桩挖出来栽直，王五爷出来说话了。

王五爷说，凭我的经验，西风刮完就是东风。东风会帮我们把西风做过头的事做回来。天底下的风都差不多，认识了一个地方的，也就认识了天下的。

果然没过些天，东风起了，人们忙着春种，早出晚归，等到庄稼出苗，草滩返绿，树叶长到一片拍打上另一片时，所有歪斜的东西都被东风吹直。尤其篱笆墙，都吹过头，又朝西歪了。连冯二奶去年秋天被西风刮跑的一块蓝花手帕，也被东风刮回来。

这个地方的风真好。冯二奶说。

人们在虚土庄喜欢上的第一个东西是风。风让人懂得好多道理。比如，秋天丢掉的东西春天会找到。这些道理在别处可能没有用。风成了人们生活的一部分。人们说一个地方有多远，会说，有一场风那么远。

一场风到底有多远，跑顺风买卖的那些人可能也说不清。反正，跟着一场风跑一趟就清楚了。比如到六户地，人们会说，有半场风远。

// 烧荒

我最早记忆的夜晚，我应该出生了，却并不知道，只是觉得换了一个地方，以前，那些声音远远的，像一直没有到来。或者到来了又被挡在外面，我被喊唤，又被抛弃。突然地，四周的声音大了。我被扔在后来我才一一认识的声音和响动中，我惊恐，不知所措。一下就哭喊出了声音。

那时他们刚落住脚，新盖的房子冒着潮气。许多人迷向了，认不出东南西北。长途奔波留给人无穷的瞌睡。瞌睡又使人做了无穷的梦，这些梦云一样悬在虚土庄上空，多年不散，影响了以后的生活。到处是睡着的人，墙根，树下，土坡上。人似乎分不清早晨下午的太阳。新房子刚盖好，都不敢住进去，一来湿墙的潮气会让人生病，二来人对虚土中打起的新墙不放心，得让风吹一阵，太阳晒些日子，大雨淋几场。

然后老年人先住进去，仰面朝天躺在炕上，察看檩子的动静，椽子和墙的动静。

新房的椽子檩子在夜里嘎巴巴响。墙也会走动，裂开口子。老年人不害怕被墙压死。房子真要塌，一家人总得有一个人舍上命。旧房子裂几道口子不要紧，不会轻易倒塌，尽管门框松动，房顶也下折了，但年月让整个房子结为一体。不像新房，看似结合紧密，但那些墙和木头互不相识。做成门框的那棵榆树和当了檩子的胡杨树相距数十里，陌生得很。椽子之间相互摽劲，门和框也有摩擦。它们得经过一段时光的收缩、膨胀、弯曲、走形，相互结合认识后，才会牢牢契合其中，与房子成为一体。这个过程中房子也最容易出麻烦。

一般是爷爷辈的先进去住半个月，没事了父亲辈的再进去住十天，母亲带着儿女睡在院子。直到爷爷父亲都觉得这房子没事了，一家人全住进去。

房子盖好了，剩下的事情是烧荒。开地前先要把地上的草木烧光。可是季节不到，草木还没完全干黄，火烧不起来，剩下的事情就是睡大觉。

一场一场的睡眠，没明没暗。多数人躺在梁上的虚土中。老人睡在新盖的房子。老人做着屋顶下的梦，年轻人做着星光月光下的梦。那个秋天就这样睡过去了，直到入冬，第一场寒风冻疼脚趾头，才有人醒过来。

醒来的是一个孩子。好多人在梦中听见一个孩子的喊声。

他满村子喊。好像从很远处跑到村子，看见所有人在沉睡。他找不到家，找不到父母。他一个名字一个名字地喊。好多人听见了，从更远的梦中往回赶。我睁大眼睛，仿佛那个喊声是我的。又不是。我在母亲怀抱中，白天睡觉，晚上醒来。夜里所有的声音被我听见。我几乎没有看见过白天，以后我记忆的好多事情也全在夜里。我不清楚这个村庄的白天发生过什么。

现在已不清楚那个半夜回来的孩子是谁。人人在沉睡。他跑遍虚土梁，嗓子喊哑了，腿跑软了。可能跑着喊着突然发现自己已经长大，愣愣地站在黑夜中。也可能被一个睡着的人绊倒，一跟头栽过去，趴在地上睡着了。绊他的人醒过来，发现季节变凉，该起来烧荒了。他接着喊。

那已是一个大人的喊声。

他以为梦中听见的那个声音是自己的。他跑遍村子，一样没喊醒一个人。这个只被我听见的喊声云一样悬在虚土庄上空，影响到以后的生活和梦。

后来他跑到村外，把东边西边南边北边的荒野全点着。火从村边的虚土梁下向远处烧。最远的天边都烧亮了。他回来看见火光照亮的那些沉睡的脸，落了一层草灰。

一个早晨人们都醒了。什么都没有耽误，因为瞌睡睡足了，剩下的全是清醒。大家没日没夜地干，那点开荒的活在落雪前也就干完了。整个冬天人没有瞌睡，沿着野兔的路，野羊和野骆驼的路，把远远近近的地方走了一遍。后来这些路变成人的路，把虚土庄跟远远近近的村庄连在一起。

我的孤独在人群中

我正一遍遍经历谁的童年

// 谁的叫声让一束花香听见

一些沙枣花向着天上的一颗星星开，那些花香我们闻不见。她穿过夜空，又穿过夜空，香气越飘越淡。在一个夜晚，终于开败了。

可能那束花香还在向远空飘，走得并不远，如果喊一声，她会听见。

可是，谁的叫声会让一束花香听见。那又是怎样的一声呼唤，她回过头，然后一切都会被看见——一棵开着黄白碎花的沙枣树，枝干曲扭，却每片叶子都向上长，每朵花都朝天开放。树下的人家，房子矮矮的，七口人，男人在远路上，五岁的孩子也不在家，母亲每天黄昏在院门外喊，那孩子就蹲在不远的沙包上，一声不吭，看着村子一片片变黑，自己家的院子变黑，母亲的喊声变黑。夜里每个窗户和门都关不住，风把它们一一推开。那孩子魂影似的回来，蹲在树杈上，看着空荡荡的房子。人都到哪去了。妈妈。妈妈。那孩子使劲喊。却从来没喊出一句。

另外一个早晨，这家的男人又要出远门，马车吆出院子，都快走远了，突然听见背后的喊声。

"呔。"

只一声。他蓦然回头，看见自己家的矮土房子，挨个站在门前沙枣树下的亲人：妻子一脸愁容，五个孩子都没长大，枯枯瘦瘦地围在母亲身边。那个五岁的孩子站在老远处，一双眼睛空空荡荡地望着路——这就是我的日子。他一下全看见了。

他满脸泪水地停住。

他是我父亲，那个早晨他没走成，被母亲喊住了。我蹲在远远的土墙上，看见他转身回来。车上的皮货卸下来，马牵进圈棚。那以后他在家待了三年，或是五年，我记不清。我以后的生活被别人过掉了，我再没看见这个叫父亲的人。也许他给别人当父亲去了。我记住的全是他的背影，那时他青年接近中年的样子，脊背微驼，穿一件蓝布上衣，衣领有点破了，晒得发白的后背上，落着尘土和草叶，他不知道自己脊背上的土和草叶，他一直背着它。那时候我想，等我长大长高一些，我会帮他拍打脊背上的土，我会帮他把后脑勺的一撮头发捋顺。我一直没长大。我像个跟屁虫，他走哪我跟哪，却从没走到前头，看见过他的脸。我想不起他的微笑，不知道他衣服的前襟，有几只纽扣，还有他的眼睛，我只看见他看见过的东西，他望远处时我也望远处，他低头看脚下的虫子时我也看着虫子，他目光抚过的每样东西我都亲切无比。但我从没看见他的眼睛。有一天我和他迎面相遇，我会认不出他，与他相错而去。我只有跟在后面，才会认识他，才是他儿子。他只有走在前面，才是我父亲。

在我更小的时候，他把我抱在胸前，我那时的记忆全是黑暗。如果我出生了，那一刻我会看见，我的记忆到哪去了，我怎么一点都想不起出生时的情景。我连母乳的味道都忘记了，我不会说话的那几个月、一年，我用什么样的声音说出了我初来人世的惊恐和欢喜。

还有什么没有被看见。

那棵沙枣树又陪我们过了一年。如果树有眼睛，它一样会看见我们的生活，看见自己的叶子和花在风中飘远。更多的叶子落在树下，被我们扫起。树会看见我们砍它的一个枝干做了锨把。那个断茬慢慢地长成树上的一只眼睛，它天天看见立在墙根的铁锨，看见它的枝做成的锨把，被我们一天天磨光磨细。父亲拿锨出去的早晨它看见了，我一身尘土回来的傍晚它看见了。整个晚上，那个断茬长成的树眼，直直地盯着我们家院子，盯着月亮下的窗户和门。它看见什么了。那个蹲在树杈的五岁男孩又看见了什么。

夜夜刮风。风把狗叫声引向北边的戈壁沙漠。雪把牛哞单独包裹起来，一片片撒向东边的田野。雨落在大张的驴嘴里。夜晚的驴叫是下向天空的一场雨，那些闪烁的星星被驴叫声滋润。每一粒星光都是深夜的一声惊叫。我们听不见。我们看见的只是它看我们的遥远目光。

多少年后，我才能说出今天傍晚的一滴雨，它落在额头，冰凉传到内心时我已是一个中年人。当什么突然地击疼我，多少年后，谁发出一声叫喊。那些我永远不会叫出的喊声，星星一样躲得远远。我被它胆怯地注视。

多少年后，我才碰见今天发生的事情，它们走远又回来。就像一声狗吠游遍世界回到村里，惊动所有的狗，跟自己多年前的回音对咬。

有一种小黑沙枣，专门长着喂鸟。人也喜欢吃。熟透了黑亮黑亮。人看着树上的沙枣做农活，沙枣刚黑一点小尖时，编糯，收拾磙子。沙枣黑一半时，麦种摊在苇席上晾半天，拌种的肥料碾碎。沙枣全黑时鸟全聚在树上，人下地，把麦子播撒下去。对鸟来说，沙枣的甘甜比麦粒可口，顾不上到地里刨食麦种。树上的沙枣可以让鸟一直吃到落雪前，那时麦苗已长到一拃高，根早扎深了。鸟想到吃麦粒时已经太晚。

我们在一棵沙枣树下生活多少年，一些花香永远闻不见。几乎所有的沙枣花向天开放，只有个别几朵，面向我们，哀哀怨怨的一袭香环家绕院。

那些零碎星光，也一直在茫茫夜空找寻花香。找到了就领她回去。它们微弱的光芒，仅能接走一丝花香，再没力气照在地上。

更多的花香被鸟闻见。鸟被熏得头晕，满天空乱飞，鸣叫。

还有一些花香被那个五岁的孩子闻见。花落时，他的惊叫划破夜晚。梦中走远的人全回来，睁大双眼。其实什么都看不见，除了自己的梦。

// 我正一遍遍经历谁的童年

我看见他们朝那边走了，挽着筐，肩上搭着绳子。我穿过宽宽的沙枣林带。树全老了，歪斜着身子。树梢上一些鸟巢和干枯叶子。我很少抬头往上看。我把那时的天空忘记了。林带尽头是沙漠。我爬上沙包后眼前是更多的沙包。我再看不见他们，也不敢喊，一个人呆呆地张望一阵，然后往回走。

沙包下面有一排小矮房子，沙子涌到窗根。每次我都绕过去，推开一扇一扇门。里面空空的。有时飞出几只鸟。地上堆着沙子。当我推开最后一扇门，总是看见那两个老人，一男一女，平躺在一方土炕上，棉被拥到脖根，睡得安安静静。我一动不动望着他们。过好一阵，好像一阵风吹进门，睡在里面的男人睁开眼，脸稍侧一下，望我一眼。我赶紧跑开。

每次都是那个男人醒来，女人安静地躺在旁边。我不知道他们是谁的爷爷奶奶。我跑着跑着就忘掉村子，转一圈回到那排小矮房子对面，远远盯着我推开的门。我想等那两个老人出来，送我回去。又怕他们出来追我。我靠着一棵枯树桩，睡着又醒来，那扇门还开着。

　　我想那两个老人已经死了。可能早就死了，再不会下炕来关门。可是，我第二天再来时那排小矮屋的门又统统关上。我轻脚走过去，一扇一扇地推开，直到推开最后那扇门，看见的依旧是那个情景：他们平躺着，大大的脸，睡得很熟。我觉得我认识那张男人的脸，他睁开眼侧脸望我的那一瞬，我的一切似乎都被他看见了。我不熟悉那个女人，她一直没对我睁开眼睛。每次，我都想看她睁开眼睛。我跑到那棵枯树桩下等。黄昏时他们从一座沙包后面出来，背着柴。我躲在树后，不让他们看见。他们走过后我跟在后面，穿过沙枣林带回到村里。

　　他们是比我大的孩子，不跟我玩，到哪都不带我，看见了就把我撵回村子。比我小的那群孩子我又不喜欢。突然地，我长到一个前不着村后不着店的年龄。他们一个个长大走了，我留在那里。跟我同龄的人就我一个。我都觉得童年早过去了。我早该和大人们一起下地干活了。可我仍旧小小的，仿佛我在那个年龄永远地停住。我正一遍遍经历谁的童年。我不认识自己，常常忘掉村子，不知道家在哪里。有时跟着那群大孩子中的一个回到一间低矮房子。他是我大哥，他从来不知道我跟在他后面回到家，吃他吃剩的饭，穿他穿旧的衣服，套上他嫌小扔掉的布鞋。逐渐地我能走到他到过的每一处，看见他留下的脚印，跟我一模一样。有时我尾随那群收工的大人中的一个回到屋子。那个我叫父亲的人，一样不知道我跟在他后面。我看见的全是他的背影。他们下地，让我待在家，别乱跑。我老实地答应着，等他出去，我便远远地尾随而去。

走着走着他们便消失了，眼前一片哗哗响的荒草和麦田。我站着望一阵，什么都看不见，最矮的草都比我高过半个头顶。又一次，我被丢下。我站着等他们收工。等太阳一点点爬高又落下。等急了我便绕到沙包下那排小矮房子前，一扇一扇地推开门——那两个老人，他们过着谁的老年。好像不是自己的。他们整天整夜地睡。每次都这样，那个男人睁开眼，侧脸望望我。我跑开后他原平躺在那里。那个女人从来不睁开眼看我，仿佛她早就看烦了我。多漫长的日子啊，我都觉得走不出去了。我在那里为谁过着他们不知道的童年。没有一个跟我一年出生的孩子，仿佛生我的那年在这个村子之外。我单独地长到一个跟许多人没有关系的年岁。

还有那两个老人，被谁安放在那里，过着他们不知道的寂寞晚年。村子里的生活朝另一条路走了。我们被撇下。仿佛谁的青年、壮年，全被偷偷过掉，剩下童年和老年。夜里我一躺下，就看见那两张沉睡的脸。看见自己瞪大眼睛茫然不知的脸。我的睡全在他们那里。我一夜一夜地挨近他们。我走出村子，穿过一片宽宽的沙枣林带，来到那排小矮房子前。门又被关上了。

　　我又一次忘掉回去的路。我在那里呆站着等他们收工。我看见的全是那些人的背影：后脑勺蓬乱的头发，皱巴巴的背上，粘着草叶和泥土。天色昏黄时我随那个叫父亲的人回到家。多陌生的一间房子，在一个坑里，半截矮墙露出土。房顶的天窗投下唯一的一柱光。我啥都不清楚，甚至不认识那个我叫父亲的人。我只看见他青年接近中年的样子。他的老年被谁过掉了。从那时候一直到将来，我没遇见他的老年。突然地，他在一天早晨出去，我没跟随上他。我在那里呆站着等他回来，一直到天黑，天再一次黑。我在那样的等待中依旧没有长大成人。

　　多少年后我寻找父亲，他既不在那些村头晒太阳的老人堆里，也不在路上奔波的年轻人中。他的岁月消失了。他独自走进一段我看不见的黑暗年月。在那里，没有一个与他同龄的人。没有一个人做他正做的事情。我的父亲在他那样的日子艰难得熬不到头。等他出来，我又陷入另一段他所不知的年月中，没头没尾。我看不见已经过去的青年，看不见我正经历的中年。我看见的全是我不知道在为谁度过的童年。我不记得家，常常忘掉村子，却每次都能走到那排住着一对老人的低矮房子前。

　　直到有一天，我认出那张男人的脸。我从他侧脸看我的眼睛里，看见我看他时的神情。那是多少年后的我。他被谁用老扔在那里。我还认出那个女人。她应该是我妻子。我和她没有一天半宿的青春。她直接就老掉了，躺在那里。剩下全是睡梦。我没有挨过她的身体，没跟她说半句情话。她跟谁过完所有的日子，说完所有的话，做完所有的事情，然后睡在我身边。

// 树上的孩子

我天天站在大榆树下，仰头看那个爬在树上的孩子。我不知道他的名字。也许没有名字。他的家人"呔""呔"地朝树上喊。那孩子听见喊声，就越往高爬，把树梢的鸟都吓飞了。

村里孩子都爱往高处爬。一群一群的孩子，好像突然出现在村子，都没顾上起名字。房顶、草垛、树梢，到处站着小孩子，一个离一个远远的。大人们在下面喊：

"呔，下来。快下来。"

"下来给你糖吃。"

"看，老鹰飞来了，把你叼走。"

"再不下来追上去打了。"

好多孩子下来了。那个年龄一过，村庄的高处空荡了，草垛房顶上除了鸟、风刮上去的树叶和偶尔一个爬梯子上房掏烟囱的大人，再没什么了。许多人的头低垂下来。地上的事情多起来。

那些早年看得清清楚楚的远山和地平线，都又变得模糊。

只有那个树上的孩子没下来，一直没下来。他的家人把各种办法用尽了。父亲上去追，他就往更高的树梢爬。父亲怕他摔下来，便不敢再追。他用枝叶在树上搭了窝，母亲把被褥递上去，每天的饭菜用一个小筐吊上去。筐是那孩子在树上编的。那棵榆树长得怪怪的，一根磨盘粗的独干，上去一房高，两个巨杈像一双手臂向东斜伸过去。那孩子爬在北边的树杈，南边的杈上落着一群黑鸟，啊啊地叫，七八个鸟巢筑在树梢。

我不知道那孩子在树上看见了什么。他好像害怕下到地上。

村里突然出现许多孩子，有的比我大，有的比我小，不知道从哪来的。多少年后他们长成张三、韩四，或刘榆木，我仍然不能一一辨认出来。我相信那些孩子没有长大，他们留在童年了。长大的是大人们自己，跟那些孩子没有关系。不管过去多少年，只要有人回去，都会看见孩子们还在那里，玩着多少年前的游戏，爬高下低，村庄的房顶、草垛、树梢，到处都是孩子。

"上来。快上来。"

只要你回去，就会有一个孩子在高处喊你。

只有那个树上的孩子被我记住了。有一天他上到一棵大榆树上，就再不下来。他的家人天天朝树上喊。我站在树下，看他看地上时惊恐的目光。地上究竟有什么，让他这样害怕。一定有什

我的孤独在人群中

么东西被他看见了。

　　我记不清他在树上待了多久，有半个夏天吧。一个早晨，那个孩子不见了，搭在树梢的窝还在，每天吊饭的小筐还悬在半空，人却没有了。有人说那孩子飞走了，人一离开地就会像鸟一样长出翅膀。也有人说让老鹰叼走了。

　　多少年后我想那个孩子，觉得那就是我。我五岁时，看见他爬在树上，十一二岁的样子。他一脸惊恐地看着地上，看着时而空荡，时而人影纷乱的村庄。我站在树下盯着他看，他也盯着我，我觉得那个树上的目光是我的。我十一二岁时在干什么呢。我好像一直没走到那个年龄。我的生命在五岁时停住了，剩下的全是被别人过掉的生活。多少年后我回来过我的童年，那棵榆树还在，树上那孩子搭的窝还。他一脸惊恐地目睹的村子还在。那时我仍不知道他惊恐地上的什么东西。我活在自己看不见的恐惧中。那恐惧是什么，他没告诉我。也许他一脸的恐惧已经把什么都告诉我了。

　　我五岁时看见自己，像一群惊散的鸟，一只只鸣叫着飞向远处。其中有一只落到树上。我的生命在那一刻，永远地散开了。像一朵花的惊恐开放。

把时间绊了一跤

　　我看见早晨的阳光，穿过村子时变慢了。时光在等一头老牛。它让一匹朝东跑的马先奔走了，进入一匹马的遥遥路途，在那里，尘土不会扬起，马的嘶叫不会传过来。而在这里，时光耐心地把最缓慢的东西都等齐了，连跑得最慢的蜗牛，都没有落在时光后面。

　　刘二爷说，有些东西跑得快，我们放狗出去把它追回来。有些东西走得比我们慢，我们叫墙立着等它们，叫树长着等它们。我们最大的本事，就是能让跑得快的、走得慢的都和我们待在一起。

　　我在这里看见时光对人和事物的耐心等候。

　　四十岁那年我回到村里，看见我五岁时没抱动的一截木头，还躺在墙根。我那时多想把它从东墙根挪到房檐下。仿佛我为移动这根木头又回到村里。我二十岁时就能搬动这根木头，可我顾不上这些小事。我在远处。三十岁时我又在干什么呢？我长大后做的哪件事是那个五岁孩子梦想过的？我回来搬这根木头，幸亏还有一个没挪窝的木头。

　　我五十岁时，比我大一轮的王五瞎了眼，韩三瘸了一条腿，冯七的腰折了。就是我们这些人，在拖延时间，我们年轻时被时间拖着跑，老了我们用跑瘸的一条腿拖住时间，用望瞎的一双眼拖住时间。在我们拖延的时间里，儿孙们慢慢长大，我们希望他们慢慢长大，我们有的是时间让他们慢慢长大。

时间在往后移动。所以我们看见的全是过去。我们离未来越来越远，而不是越来越近。时光让我们留下来。许多时光没有到来。好日子都在远路上，一天天朝这里走来。我们只有在时光中等候时光。没有别的办法。你看，时间还没来得及在一根刮磨一新的锨把上，留下痕迹。时间还没有磨皱那个孩子远眺的双眼。但时光确实已经慢了下来。

每天一早一晚，站在村头清点人数的张望，可能看出些时光的动静。当劳累一天的韩瘸子牵牛回到家，最后一缕夕阳也走失在西边荒野。一年年走掉的那些岁月都到哪去了。夜晚透进阵阵寒风的那道门缝，也让最早的一束阳光照在我们身上。那头傍晚干活回来的老牛，一捆青草吃饱肚子。太阳落山后，黄昏星亮在晚归人头顶。在有人的旷野上，星光低垂。那些天上的灯笼，护送每个晚归人。一方小窗里的灯光在黑暗深处接应。当我终于知道时间让我做些什么，走还是停时，我已经没有时间了。

每年春天，村东的树长出一片半叶子时，村西的树才开始发芽。可以看出阳光在很费力地穿过村子。

刘二爷说，如果从很高处看——梦里这一村庄人一个比一个飞得高——向西流淌的时间汪洋，在虚土庄这一块形成一个涡流。时间之流被挡了一下。谁挡的，不清楚。我们村子里有一些时间嚼不动的硬东西，在抵挡时间。或许是一只猫、一个不起眼的人、一把插在地上的铁锨，还是房子、树。反正时间被绊了一跤，扑倒在虚土里。它再爬起来往前走时，已经多少年过去，我们把好多事都干完了，觉也睡够了。别处的时光已经走得没影。我们这一块远远落在后面。

时间在丢失时间。

我们在时间丢失的那部分时间里，过着不被别人也不被自己知道的漫长日子。刘二爷说。

鸟是否真的飞到了时间上面。有一种鹰，爱往高远飞，飞到纷乱的鸟群上面，飞过落叶和尘土到达的高度。一直飞到人看不见。鸟飞翔时，把不太好看的肚皮和爪子亮给我们。就像我们走路时，不知道该把手放在什么位置，鸟飞在天上，对自己的爪子也不知所措，有的鸟把爪子向后并拢，有的在空中乱蹬，有的爪子闲吊着，被风刮得晃悠。还有的鸟，一只爪子吊下来，一只蜷着，过一会又调换一下。鸟在天上，真不知该怎样处置那对没用的爪子，把地上的人看得着急。不过，鸟不是飞给人看的，这一点小孩都知道。鸟把最美的羽毛亮给天空，好像天上有一双看它的眼睛。鸟从来不在乎我们人怎么看它。

我的孤独在人群中

　　那些阳光，穿过袅袅炊烟和逐渐黄透的树叶，到达墙根门槛时，就已经老了。像我们老了一样，那些秋草般发黄的傍晚阳光，垛满了村庄。每天这个时候，坐在门口纳鞋的冯二奶，最知道阳光怎样离开村庄，丝线般细密的阳光，从树枝、墙根、人的脸上丝丝缕缕抽走时，满世界的声响，天塌下来一样。

　　我们把时间都熬老了。刘二爷说。

　　当我们老得啃不动骨头，时间也已老得啃不动我们。

我在远方哭我听不见

还是很久以前，我以为自己赶一辆马车做顺风买卖去了，我在虚土庄等他回来。如果做得好，我的后半生，就会有几年富裕日子。做赔了，连车带马都赔光，没脸回来。在一个僻远村子窝下，不和人打交道，不和人说话。谁都不知道他想些啥。其实谁都知道，这个人静悄悄地往回走了。前面没好日子了，人就会往回走，开始一个人走，走着走着和好多人汇合。在走向过去的路上，人挤人，头碰头。

另一年我在野户地，遇见一个老牧羊人，坐在空荡荡的破羊圈门口，看着我走近。他仿佛一直在那里等我去认出他。我记得早年的一天，我吆着一群羊走在野滩，那群羊一半黑一半白，我不知道后来我赶着那群羊去了哪里，也许一群羊放成两群，白的一群朝天黑走了，黑的一群留在白天。也许最后剩下一只，活到老，黑毛变白。

我在老人身边坐下来，什么都没说，看着放一群羊老掉的自己，已经没有名字，我几乎就要承认这个夹一根羊鞭，跟着羊群后面早出晚归，最后一只羊也没落下的老年了，又漠然地离开。原来我哪都没去，放了一辈子羊，我还以为我干了多大的事情。

　　我五岁时，看见四十岁的自己，在远处有着无边的土地，一个连一个的村庄。我时常穿过无边的金黄的麦田，我不去收割，它们熟落在我的土地上，年复一年，我的麦子自播自种。催熟它们的夏季热风，刮到我的额头时已经变凉。我的眼睛是装得下一百个秋天的无边粮仓。当我远望时，目光金黄，从村庄，到另一个村庄，我目光喂养的远方，原来只是一个梦想。我只是在荒野上放了一辈子羊。我可能看见过一百只羊眼中的春天，也看见悬在一百只羊头顶的刀子和皮鞭，但我看不清那个放羊老人，我不想看清。

　　还有一年，我在去老奇台的路上，经过一大片坟地，我在东倒西歪的墓碑中，竟然发现有一块上刻着我的名字和生卒日期。我又查看了其他墓碑，村里人的名字都在上面，全是大名。

　　原来我们早就死掉了，我们不知道。已经死掉的人，还在外面逃避死亡。死亡都不能让他们回来。

　　我想赶快回去把这个消息告诉村里人，快停下来吧，种地的人，赶车跑顺风买卖的人，正在吃饭喝水的人，抱着媳妇睡觉的人，我们早就死掉了，地里生长的全是过去的粮食，那些买卖早已结束，早就没有了盈利和亏本，没有起早贪黑。我们的嘴和肠胃，多少年前就腐朽成土，一日三餐，只剩下袅袅炊烟，只剩下一个不会醒来的梦。它不知道我们已经死了。

只剩下风。

连风都不刮了。

我急急往村子赶，却怎么也回不到村里，所有的路都不对，远远看着它通向村子，走着走着村子不见了。有一次，我眼看进村了，突然地，大渠上的桥断了，水黑黑朝西流，我被挡住。天已经黑了，眼前的村子亮起灯光。其实我应该清楚，连回去的路也早已荒芜。路上的脚印和车辙早被风拾走，桥断掉，被水冲走。

后来我是怎么回去的我忘记了。当我回到村里时，已经是早晨，鸡叫了，满村庄的开门声，太阳露出一小瓣，地上爬满长长的人影，他们开始吃早饭。我看见母亲，从菜园摘来带露水的青菜，父亲的马车停在院子，他总是在我不在的时候回到家。我看见开门出来的我，五岁的样子，满眼是没做醒的梦。

原来那些坟墓全是空的，墓碑上的名字和生卒日期是虚的。荒野从没埋掉一个人。人全走掉了。一些人在远去的路上，一些人在回来的路上。在死亡到来前，所有的人都已逃生。

而我在哪里？

我五岁以后的年月里，活着另外一个人，他娶妻生子，过着我不知道的生活，一年年地把身体熬老。也许等我认出他时，都已经老糊涂。我五岁时，一个七十岁的老人来到家里。很早，在我出生时他就在家里了，我不知道他是多年以后的我。我叫他爷爷。他看着我笑，我也笑。他早早把我的老年送到眼前，我却不认识。他走了又回来，把一个老人的全部动静和气息留给我。

很早前的中午，我跑到村头寻找父亲，看见一条一条分岔的路，我就意识到，我有可能活成村里任何一个人，也可能活成我无法认识的一个外乡人。

我五岁的早晨，看见许许多多个我走出村子，四面八方的尘土被我踩起来，我在每一条路上听到我的脚步声，每一阵风中闻到我的呼吸，在每一朵花瓣上，看见我的微笑。

我在那里等他们回来。

我等了多少年。人们一个个长大走了。马和牛也长大走了。连小蚂蚁都长大走了。

后来我出去找他们。

我走的时候，不知道自己依旧是个孩子。我以为童年早已过去，青年和老年都早已过去。我也许早就不在了。我看见的只是自己的影子，被撕碎，散落风中。

从那时候，到现在，一个又一个我在远方死去，我不知道。白骨落成山的远方，在埋葬我。狼在荒野上撕咬我的尸体。我在远方哭我听不见，我流血我觉不出痛。我的死亡我看不见。我远处的好日子被谁过掉了。我有一千双眼睛，也早望瞎了，我有一万条腿，也跑不过命。我只有一颗小小心灵，它哪都没去，藏在那个五岁孩子的身体里。

　　一场一场的风把村子扫得干干净净。没有树叶从远处飘来，没有尘土。所有的叶子多少年前就飘过村子。那些被赵香九和车户下过赌注的叶子，被一声声鸟叫惊飞的叶子，变成尘土刮回村子，落进眼睛也认不出。没有回来的人，多年后变成尘土飘回来，被我们当空气呼进呼出。风一阵一阵吹向村子。风把飘远的东西全刮回来。远方又变得安静，远处的路上和树叶下面，再没有我们村里的人。

　　而那些年，太阳落下升起的地方，都有我们的人咳嗽和说话。天边的那些星星下面，也有我们的人打盹和抽烟。从各个方向刮来的风中，都有我们村的人踩起的尘土。

　　一群一群的大人漂泊在远处，无家可归。他们从二十岁往三十岁走的时候，像小马驹一样撒着欢子，小毛驴一样尥着蹶子。路上的土一阵阵飞扬起来。他们从四十岁往五十岁走时，就像负重的老牛了。现在那一茬子人，奔走在六十岁的路上，有些人已看不见自己的七十岁，路快让他们走完。他们慢了下来，往哪走路都快到头了。马老了，人的腿也坏了，时光让他们慢下来，时光在怜惜时光。

　　这时候，他们听见我在童年的呼唤。

不断有老掉的人从远处回来。我站在村头等他们。好像一个秋季到了，那一茬人树叶子一样纷纷往回落。我不知道回来的哪个人是我。满村子的开门声。一些门被人推开，更多的门被风推开。我等老掉的自己从远处回来。只要远处路上扬起尘土，我就站在村头等。

拉半车疙疙瘩瘩的东西进村的是冯七，他的马车后面跟着一场风。他把一场一场风领进村子，又带到荒野。

骑着一匹瘸马回来的人好像是韩四，他的车可能跑坏丢在远路上。

那个挥一根空鞭杆走回来的人又是谁？好像是胡三，多少年前，他不是拉一马车苞谷从村西边走的吗？怎么从村东边回来了？我记得他曾经几次马不停蹄穿过村子。他每次回来时我都骑在路边的破墙头，小小的个子，一点没长。可惜他一次都没朝我望。如果他看我一眼，会知道一切都没改变，那个孩子还停留在童年。他在外奔波的多少年，可能只是一天。

我感到过掉我一生的人就要出现了。那个替我在世间活命的人，他究竟是谁，把我的漫长一生活成了什么样子。他该回来向我交差了。

可是，回来的只是别人。冯七、韩三、刘榆木，在秋天的下午赶车回来。满天空飘着树叶，漫长的西风刮起来了，他们过完远处的日子，开始往回走。他们回来的时候，看见我依旧是个孩子，瘦瘦小小的，歪着头。那个过掉我一生的人，也许就走在他们中间。我认不出他。他叫了别的名字，活成我不认识的一个大人。而我又在活着谁的童年呢？

天亮了又亮了

你父亲早就不在了。你还不懂事的时候他就不在了。

你记不清他的样子了，是不是。

我们帮你记着呢。

当时你没长大，不要紧，我们长大了，村里有大人呢。

我们不会让你吃亏，做傻事。

不管什么时候，村庄总会有几个脑袋是生的，几个是傻的，几个半生不熟，但总会有几个熟透了，这就行了。

有这几个脑袋村庄就不会做出傻事。

你父亲死的时候，你还不知道死亡是什么。我们知道。

我们帮你父亲上了路。

你父亲是个瘦高男人，背有点驼。不过他扛锨的时候，就看不出来。他的胡子眉毛都重，嘴埋在胡子里，眼睛埋在眉毛里。

你母亲一直瞒着你，说你父亲跑顺风买卖去了。

村里谁家的人不在了，都说跑顺风买卖去了。虚土庄没有埋过一个人。

我们把死亡打发到远处。

死掉的人，都被放在一辆马车上，顺风远去，穿过荒野和一座又一座别人的村子。一路上没有人阻拦这辆马车，所有村庄敞开路，让这辆马车嘚嘚地跑过去，一直跑到马老死，车辕朽掉。

你说，你一直在沙沟那边的村庄里。

只要离开虚土庄，你在哪都一样，我们不管。

我们想你也跑不远。

我们让你放开腿跑，给你三十年，你也跑不了多远。到时候我们放出一条狗，就能把你撵回来。

你攥在我们手心里呢。那时我们想，你就是让狼吃了也有骨头在。我们找过你的骨头，对着每个路口喊你的名字，你肯定都听到了，却不答应。

你躲在那边偷听我们村里的事。

听见我们哭喊你高兴得很，是不是？

我们相信你身体的大半截子生活在远处，不会对我们村子的事感兴趣。

但你身体最底下那一截是我们村的。

就像一堵墙，你在我们村打好基础，往上垒了几层，用的全是我们村庄的土，尽管没垒多高多厚实。

我们要把底下那一截子抽掉，你就会全垮下来。

只要是我们村出去的人，哪怕一生下就出去，我们也不用担心他会变成别处的人。

现在，你想好了就开始说吧。我们已经算好时间，你把那件事说完，天刚好黑。

我们就剩这一件事了，太早做完了剩余下一截子时光，闲闲的，我们不知道咋办。

若太晚了，天黑下来，人站在暗处，一个看不清一个，说的全是黑话。

那个早晨，你看见的那个早晨，村里好多人赶车出门，到处是开门声，你是唯一一个看见自己走远的人，那个早晨你看见我们去了哪里。

后来的一个下午我们回来，仿佛从没出去过，但跑坏的马车和磨损的年龄告诉我们，确实有过一次漫长的奔波。以后我们再没看见早晨。它被不住长大的梦侵占了。我们醒来时总是中午。我们的早晨被别人过掉了。

我们不知道在过着谁的生活。天亮了又亮了，没有早晨。出去的人，不知道自己去了哪里，留在村里的人也不知道自己是否在村里。一个黄昏外出的人陆续回来，好像又回到一起，又走到一条路上，坐在一根木头上。我们都在的时候，村庄是一个活物，我们说话、干事情，我们是他身上的肉，是他的鼻子眼睛和嘴，是他的手臂和腿。我们不在时村庄又是什么呢。

听说我们不在的时候，你在村里干了好多事情，还当了几年村长。

我们走的时候村里就你一个孩子。多少年后，村里只有你一个大人，这是我们想到的。

当时，那个早晨，有人看见你坐在马车上，脸朝后，看着村子。

你别问谁看见的。那个早晨，村里一半眼睛在打盹。另一半中有五成盯着碗里，三成盯着锅里。其余两成眼睛没回来。

谁都会被看见，你看我们时另一个人正在看你，看你的那个人又被另一个人看见。

如果把这串目光一截一截连起来，你最终看见的其实是你自己。

村庄用这么多眼睛看自己，几乎没有什么不被看见。

在村庄上面一千米高处有鹰的眼睛，五百米处有云雀的眼睛。十米到一百米高处，各种鸟的眼睛都有。

在三米深的地下，蝎子的眼睛盯着一百年前那些人走过的路。一米深处蛇和老鼠的眼睛注意着密密麻麻的根须间发生的每一件事。

挨近地面的浅土中有蚂蚁和蚯蚓的眼睛，地表处有仔细的羊的眼睛，每棵草叶每朵花瓣都被看见。头顶上还有马和骆驼的眼睛。

它们都是村庄的眼睛。

人的眼睛交融在天地之间。没有什么不被人看见。我们这么多眼睛，看了这么多年。谁也不敢轻视我们看见的。

就像我们不敢轻视你看见的。

你是我们村走丢掉的一只眼睛。

现在你回来了。

终于轮到我说话了

又过了多少年，村子里安静下来，仿佛几代人的话都已经说完。人们回到各自的角落，悄无声息过着日子。曾经聚集着许多人的场地上，如今游逛着几条瘦狗，每个下午都坐满了人的那根木头上，现在只拴着一头老牛。除了偶尔的一两声狗吠驴鸣，很难再听到谁的声音。

人们等待一个出来说话的人。好多人的话都说完了，王五、冯七、韩拐子，都没有话说了。尽管没话说的这些年，地里的庄稼依旧青了黄，黄了青，榆树依旧在春天长出叶子，牛羊依旧在发情季节怀上羔。但人的耳朵里空荡荡的。又发生了许多事，经历了许多东西，却没有人说出来。一件事若不被人说出来，就像没发生似的。粮仓满了，肚子吃饱喝胀了，人的耳朵饥饿地参着，灌进去的只有一阵阵风声和一年中次数不多的几点雨声。人们渴望听到谁的声音。那些说完了话还想再说的人，尽管不时大张着嘴，出来的却只有废气，他们的嘴里空掉了。

终于轮到我说话了。我一直没听见我说话，好像我没有嘴，没有声音。我只睁开耳朵，听见风声，和随风飘来的各种声音，那些声音中有一两句可能是我的，我认不出来。我可能说过些什么，最后全变成了风声。

这个村庄，有什么可说的呢。我听多了那些男人女人的话，即使从一棵草一只鸡说起，也会没完没了讲下去。把一只鸡或一棵草的事讲完，村子的事也就讲完了。甚至从一粒土说起，也把一个村子的事说完。当然，要从一个人说起，也行，说到最后也还是到一粒土为止。

不过，不同的人会说出完全不一样的村子。过去多少年后，人们回忆起这个村子，其差别简直天上地下。因为每个人在心中独自经历的事情，比大家一块经历的要多得多。这个村庄的人根本没有共同记忆。过了一辈子的夫妻间没有相同记忆，兄弟姐妹间也没有。每个人记住的，全是不被别人看见的梦。

多少年后土地再盛不下人的梦。就像那时在老家，土地盛不下人的死亡，每挖一掀土都惊动亡人。现在，人们每干一件事情都要惊醒别人的梦。醒着的人，不得不移开睡着的人，土地狭小得不能让人安稳地躺下做梦。再没有地久天长的睡眠，让人把一个梦做好多年。

而那时候，到处是睡着的人，太阳和月亮底下，都有人的梦。路上、房顶、田埂、草叶下面，都是人做梦的地方。睡着的人，不知道醒着的人干了什么。醒着的人，一样不知道睡着的人梦见了什么。

童年过去，我在自己的梦里。

青年过去，我在自己的梦里。

老年过去，我在自己的梦里。

我哪都没去，在自己的梦里转了一些年月。我真实的生活在哪我不知道。

过掉我一生的人都不说话。我又做完了谁的梦。

我醒来。他们说该我说话了。

也该我说两句话了。

我当了多少年的旁观者。那时村子里一片喧哗，人们的争吵声夹杂着牲畜的鸣叫，经年不息。我有许多想说的话但我插不上嘴，我的个头不高，嗓门也不大，只有站在一边，一次次把涌到嘴边的话咽到心里。那时候我想，如果我能坐在那根木头上说几句话多好，我会把所有知道的说出来。我会先说出风，说出风中的尘土和树叶，说出经过我耳朵的所有声音，说出一个早晨的气味和响动，说出我在远处的生活。我可能一直没有走进村子，我在一个夜晚，听到自己的脚步声，听到一个小小的手指敲门，我不能肯定是我进村了。后来的一个早晨我醒来，我想说出。我看见自己走远的那个早晨，可能是另一个梦，但我什么都说不出，我想了多少年的那些话，不知到哪去了，也许它找到了另一张嘴，在另一个村庄，被另一个人全部地说出来，多少年后，它们顺风传回村子，灌进我的耳朵。

在虚土庄的好多年里，有一个人始终没有说话。他们觉察到了。他们的话全说完，嘴都说得没牙了，这时他们突然发现我没有张口。

我背着手，在村里走了一圈，没遇见一个人。路都快荒掉了，不像那些年，村子里整日尘土翻天，到处是匆忙奔走的人，有的在村里村外转，有的往远处跑，村庄周围的荒野上踩出一条一条的路。在那些梦中飞到村庄上头的人眼里，虚土庄就像一只向四面八方伸出触角的黑蜘蛛。而在飞过村庄的一群鹞鹰的印象中，这个村庄被一条条长绳拴在荒野中。

它哪都去不了了，连动一下都不可能。

多少年来只有那群鹞鹰看清了虚土庄子。无论跑顺风买卖的冯七，还是守夜人，都没从天上到达过这个村子。也许早年爬到树梢上再没下来的那个孩子，真的看见了什么。现在，通向远处的路全荒芜，在外奔波的人早已回来。可能还有没回来的，每天一早一晚，站在村头清点人数的张望，多少年前就已望瞎眼。他只有耳朵贴在地上，倾听远路上的动静。

又有一个人回来了。他自言自语。

他能听出村里每个人的脚步，每头牲口的脚步。

那些回到家里的人，再不愿迈出家门半步，有的在院子里低头干活，有人靠着土墙仰头望天。没人朝路上看。走在路上似乎是一件很丢人的事。

而那些年，待在家里的人被小看。有本事的人全在路上。

他们把一百年的路都跑完了，我什么事都没干，什么话都没说。一个村庄就这么多话，全被人说完了。他们以为我还有话，他们在等。他们等了多少年，我仿佛长大了，坐在他们中间，和他们一样过着日子，又好像一直没长大，长大的全是别人。他们把所有的事做完，话说完，所有的路走完，然后回来，看见我什么事都没做，个子都没长一点。

我坐在哪儿，他们围到哪儿，我咳嗽一声，马上引来好多人，以为我要说话了。我放个屁都有人注意。他们认为，虚土庄应该还有许多事没说出来。这些事肯定在没说话的人嘴里。

虚土庄又回到一个早晨，不向中午移动的早晨。所有曾说出的话，尘土一样落下，说狗的话落到狗身上，说人的话落到人头上，说草木的话落到荒野草木上。那些言不及物的空话，没地方落，附在云朵上，孤独地睁开眼睛。村庄回到多年前的早晨，炊烟从潮湿的烟囱冒出来，怯生生地朝上飘。

一天黄昏，我正在房子里想事情，有人在外面喊我的名字。喊了三声，一声比一声大。全村人都听见了，可我没答应。我想他喊第四声我就出去。他再没喊，留下一串走远的脚步声。这个人是周天易。我知道他找我有啥事。我不想理他。

前天我在村子转的时候遇见过他。

我远远看见村子那头的路上蹲着一个人，走近时他站了起来。

"我等你很长时间了。"他说。

"我知道你会露面。该我们出来说话了。这个村庄的多少年里，有两个人始终没说话，一个是你，一个是我。我不知道你为啥没说话。我看你整天恍恍惚惚的，好像心不在这个村子。现在，该我们出来说话了。我们得整些事情。"

从来没有人这样跟我说话，他把我当大人，他可能看到我身体中独自长大的那部分。这个人也刚刚长大，他不知道村里已经没有可整的事，所有事被那些先长大的人干完，他白长大了。

这个人最后赶一辆马车，跑顺风买卖去了。他赶车出村的时候，所有马车早已回到村子，早就没人干这件事情了，连风都不刮了，树叶和尘土都不往远处飘了。村里剩下我一个没说话的人。我好像乘机当了几年村长。依旧没说几句话。比我大的人全糊涂了，更年轻的还不懂事。我说的有数的一些话，都说给风听了。虚土庄的人没听见我说几句话。我也没听见我说过什么话。虚土庄的事情都是谁说出来的。也许谁都没有说出来，它只是一棵树一样长出来，每一年、每个枝叶、每块树皮、每条根须都被我们看见。我们看见它的时候，有一只眼睛，在云朵上，孤单地看见我们。

我改变的事物

我年轻力盛的那些年，常常扛一把铁锨，像个无事的人，在村外的野地上闲转。我不喜欢在路上溜达，那个时候每条路都有一个明确去处，而我是个毫无目的的人，不希望路把我带到我不情愿的地方。我喜欢一个人在荒野上转悠，看哪不顺眼了，就挖两锨。那片荒野不是谁的，许多草还没有名字，胡乱地长着。我也胡乱地生活着，找不到值得一干的大事。在我年轻力盛的时候，那些很重很累人的活都躲得远远的，不跟我交手。等我老了没力气时又一件接一件来到生活中，欺负一个老掉的人。我想，这就是命运。

有时，我会花一晌午工夫，把一个跟我毫无关系的土包铲平，或在一片平地上无故地挖一个大坑。我只是不想让一把好锨在我肩上白白生锈。一个在岁月中虚度的人，再搭上一把锨、一幢好房子，甚至几头壮牲口，让它们陪你虚晃荡一世，那才叫不道德呢。当然，在我使唤坏好几把铁锨后，也会想到村里老掉的一些人，没见他们干出啥大事便把自己使唤成这副样子，腰也弯了，骨头也散架了。

几年后当我再经过这片荒地，就会发现我劳动过的地上有了些变化，以往长在土包上的杂草现在下来了，和平地上的草挤在一起，再显不出谁高谁低。而我挖的那个大坑里，深陷着一窝子墨绿。这时我内心的激动别人是无法体会的——我改变了一小片野草的布局和长势。就因为那么几锨，这片荒野的一个部位发生变化了，每个夏天都落到土包上的雨，从此再找不到这个土包。每个冬天也会有一些雪花迟落地一会儿——我挖的这个坑增大了天空和大地间的距离。对于跑过这片荒野的一头驴来说，这点变化算不了什么，它在荒野上随便撒泡尿也会冲出一个不小的坑来。而对于世代生存在这里的一只小虫，这点变化可谓地覆天翻，有些小虫一辈子都走不了几米，在它的领地随便挖走一锨土，它都会永远迷失。

有时我也会钻进谁家的玉米地，蹲上半天再出来。到了秋天就会有一两株玉米，鹤立鸡群般耸在一片平庸的玉米地中。这是我的业绩，我为这户人家增收了几斤玉米。哪天我去这家借东西，碰巧赶上午饭，我会毫不客气地接过女主人端来的一碗粥和半块玉米饼子。

我是个闲不住的人，却永远不会为某一件事去忙碌。村里人说我是个"闲锤子"，他们靠一年年的勤劳改建了家园，添置了农具和衣服。我还是老样子，他们不知道我改变了什么。

一次我经过沙沟梁，见一棵斜长的胡杨树，有碗口那么粗吧，我想它已经歪着身子活了五六年了。我找了根草绳，拴在邻近的一棵榆树上，费了很大劲把这棵树拉直。干完这件事我就走了。两年后我回来的时候，一眼看见那棵歪斜的胡杨已经长直了，既挺拔又壮实。拉直它的那棵榆树却变歪了。我改变了两棵树的长势，而现在，谁也改变不了它们了。

我把一棵树上的麻雀赶到另一棵树上，把一条渠里的水引进另一条渠。我相信我的每个行为都不同寻常地充满意义。我是一个平常的人，住在这样一个偏僻小村庄里，注定要无所事事地闲逛一辈子。我得给自己找点闲事，有个理由活下去。

我在一头牛屁股上拍了一锨，牛猛蹿几步，落在最后的这头牛一下子到了牛群最前面，碰巧有个买牛的人，这头牛便被选中了。对牛来说，这一锨就是命运。我赶开一头正在交配的黑公羊，让一头急得乱跳的白公羊爬上去，这对我只是个小动作，举手之劳。羊的未来却截然不同了，本该下黑羊羔的那只母羊，因此只能下只白羊羔了。黑公羊肯定会恨我的，我不在乎。恨我的那只羊和感激我的那只羊，都在牧羊人的吆喝里，尘土飞扬地翻过了沙梁。

它们再被吆回来时，已是另一个黄昏了。那时我正站在另一道沙梁上，目送落日呢。没人知道这一天的太阳是我送走的。每天黄昏独自站在沙梁上，向太阳挥手告别的那个人就是我。除了我，谁会做这个事呢。家里来个客人走了，都会有人送到村头。照耀了我们一整天的太阳走了，却没有人送别。他们不干的事就是我的事。我一直看着太阳走远，当它落在地平线上，那红彤彤的半个脸庞依依不舍地看着我时，我知道这个村庄里它只认得我。因为，明天一早，独自站在村东头招手迎接日出的，肯定还是我。

当我五十岁的时候，我会很自豪地目睹因为我而成了现在这个样子的大小事物，在长达一生的时间里，我有意无意地改变了它们，让本来黑的变成白，本来向东的去了西边……而这一切，只有我一个人清楚。

我扔在路旁的那根木头，没有谁知道它挡住了什么。它不规则地横在那里，是一种障碍，一段时光中的堤坝，又像是一截指针，一种命运的暗示。每天都会有一些村民坐在木头上，闲扯一个下午。也有几头牲口拴在木头上，一个晚上去不了别处。因为这根木头，人们坐到了一起，扯着闲话商量着明天、明年的事。因此，第二天就有人扛一架农具上南梁坡了，有人骑一匹快马上胡家海子了……而在这个下午之前，人们都没想好该去干什么。没这根木头，生活可能会是另一个样子。坐在一间房子里的板凳上和坐在路边的一根木头上商量出的事肯定是完全不同的两种结果。

多少年后当眼前的一切成为结局，时间改变了我，改变了村里的一切。整个老掉的一代人，坐在黄昏里感叹岁月流逝、沧桑巨变。没人知道有些东西是被我改变的。在时间经过这个小村庄的时候，我帮了时间的忙，让该变的一切都有了变迁。我老的时候，我会说：我是在时光中活老的。

住多久才算是家

　　我喜欢在一个地方长久地生活下去——具体点说，是在一个村庄的一间房子里。如果这间房子结实，我就不挪窝地住一辈子。一辈子进一扇门，睡一张床，在一个屋顶下御寒和纳凉。如果房子坏了，在我四十岁或五十岁的时候，房梁朽了，墙壁出现了裂缝，我会很高兴地把房子拆掉，在老地方盖一幢新房子。

　　我庆幸自己竟然活得比一幢房子更长久。只要在一个地方久住下去，你迟早会有这种感觉。你会发现周围的许多东西没有你耐活。树上的麻雀有一天突然掉下一只来，你不知道它是老死的还是病死的。树有一天被砍掉一棵，做了家具或当了烧柴。陪伴你多年的一头牛，在一个秋天终于老得走不动。算一算，它远没有你的年龄大，只跟你的小儿子岁数差不多，你只好动手宰掉或卖掉它。

　　一般情况，我都会选择前者。我舍不得也不忍心把一头使唤老的牲口再卖给别人使唤。我把牛皮钉在墙上，晾干后做成皮鞭和皮具。把骨头和肉炖在锅里，一顿一顿吃掉。这样我才会觉得舒服些，我没有完全失去一头牛，牛的某些部分还在我的生活中起着作用，我还继续使唤着它们。尽管皮具有一天也会被磨断，拧得很紧的皮鞭也会被抽散，扔到一边。这都是很正常的。

甚至有些我认为是永世不变的东西，在我活过几十年后，发现它们已几经变故，面目全非。而我，仍旧活生生的，虽有一点衰老迹象，却远不会老死。

早年我修房后面那条路的时候，曾想到这是件千秋功业，我的子子孙孙都会走在这条路上。路比什么都永恒，它平躺在大地上，折不断、刮不走，再重的东西它都能经住。

有一年一辆大卡车开到村里，拉着一满车铁，可能是走错路了，想掉头回去。村中间的马路太窄，转不过弯。开车的师傅找到我，很客气地说要借我们家房后的路走一走，问我行不行。我说没事，你放心走吧。其实我是想考验一下我修的这条路到底有多结实。卡车开走后我发现，路上只留下浅浅的两道车轱辘印。这下我更放心了，暗想，以后即使有一卡车黄金，我也能通过这条路运到家里。

可是，在一年后的一场雨中，路却被冲断了一大截，其余的路面也泡得软软的，几乎连人都走不过去。雨停后我再修补这段路面时，已经不觉得道路永恒了，只感到自己会生存得更长久些。以前我总以为一生短暂无比，赶紧干几件长久的事业留传于世。现在倒觉得自己可以久留世间，其他一切皆如过眼烟云。

我在调教一头小牲口时，偶尔会脱口骂一句：畜生，你爷爷在我手里时多乖多卖力。骂完之后忽然意识到，又是多年过去。陪伴过我的牲口、农具已经消失了好几茬，而我还那样年轻有力、信心十足地干着多少年前的一件旧事。多少年前的村庄又浮现在脑海里。

如今谁还能像我一样幸福地回忆多少年前的事呢。那匹三岁的儿马，一岁半的母猪，以及路旁林带里只长了三个夏天的白杨树，它们怎么会知道几十年前发生在村里的那些事情呢。它们来得太晚了，只好遗憾地生活在村里，用那双没见过世面的稚嫩眼睛，看看眼前能够看到的，听听耳边能够听到的，却对村庄的历史一无所知，永远也不知道这堵墙是谁垒的，那条渠是谁挖的。谁最早蹚过河开了那一大片荒地，谁曾经乘着夜色把一大群马赶出村子，谁总是在天亮前提着裤子翻院墙溜回自己家里……这一切，连同完整的一大段岁月，被我珍藏了。成了我一个人的。除非我说出来，谁也别想再走进去。

当然，一个人活得久了，麻烦事也会多一些。就像人们喜欢在千年老墙万年石壁上刻字留名以求共享永生，村里的许多东西也都喜欢在我身上留印迹。它们认定我是不朽之物，咋整也整不死。我的腰上至今还留着一头母牛的半只蹄印。它把我从牛背上掀下来，朝着我的光腰杆就是一蹄子。踩上了还不赶忙挪开，直到它认为这只蹄印已经深刻在我身上了，才慢腾腾移动蹄子。我的腿上深印着好几条狗的紫黑牙印，有的是公狗咬的，有的是母狗咬的。它们和那些好在文物古迹上留名的人一样，出手隐蔽敏捷，防不胜防。我的脸上身上几乎处处有蚊虫叮咬的痕迹，有的深，有的浅。有的过不了几天便消失了，更多的伤痕永远留在身上。而留在我心中的东西就更多了。

　　我背负着曾经与我一同生活过的众多生命的珍贵印迹，感到自己活得深远而厚实，却一点不觉得累。有时在半夜腰疼时，想起踩过我的已离世多年的那头母牛，它的毛色和花纹。有时走路腿困时，记起咬伤我的一条黑狗的皮，还展展地铺在我的炕上，当了多年的褥子。我成了记载村庄历史的活载体，随便触到哪儿，都有一段活生生的故事。

　　在一个村庄活久了，就会感到时间在你身上慢了下来。而在其他事物身上飞快地流逝着。这说明，你已经跟一个地方的时光混熟了。水土、阳光和空气都熟悉了你，知道你是个老实安分的人，多活几十年也没多大害处。不像有些人，有些东西，满世界乱跑，让光阴满世界追他们。可能有时他们也偶尔躲过时间，活得年轻而滋润。光阴一旦追上他们就会狠狠报复一顿，一下从他们身上减去几十岁。事实证明，许多离开村庄去跑世界的人，最终都没有跑回来，死在外面了。他们没有赶回来的时间。

　　平常我也会自问：我是不是在一个地方生活得太久了？土地是不是已经烦我了？道路是否早就厌倦了我的脚印，虽然它还不至于拒绝我走路？事实上我有很多年不在路上走了，我去一个地方，照直就去了，水里草里。一个人走过一些年月后就会发现，所谓的道路不过是一种摆设，供那些在大地上瞎兜圈子的人们玩耍的游戏。它从来都偏离真正的目的。不信去问问那些永远匆匆忙忙走在路上的人，他们走到自己的归宿了吗，没有。否则他们不会没完没了地在路上转悠。

而我呢，是不是过早地找到了归宿，多少年住在一幢房子里，开一个门，关一扇窗，跟一个女人睡觉。是不是还有另一种活法，另一番滋味。我是否该挪挪身，面朝一生的另一些事情活一活。就像这幢房子，面南背北多少年，前墙都让太阳晒得发白脱皮了。我是不是把它掉个个儿，让一向阴潮的后墙根也晒几年太阳？

这样想着就会情不自禁在村里转一圈，果真看上一块地方，地势也高，地盘也宽敞。于是动起手来，花几个月时间盖起一院新房子。至于旧房子嘛，最好拆掉，尽管拆不到一根好檩子，一块整土块。毕竟是住了多年的旧窝，有感情，再贵卖给别人也会有种被人占有的不快感。墙最好也推倒，留下一个破墙圈，别人会把它当成天然的茅厕，或者用来喂羊圈猪，甚至会有人躲在里面干坏事。这样会损害我的名誉。

当然，旧家具会一件不剩地搬进新房子，柴火和草也一根不剩拉到新院子。大树砍掉，小树连根移过去。路无法搬走，但不能白留给别人走。在路上挖两个大坑。有些人在别人修好的路上走顺了，老想占别人的便宜，自己不愿出一点力。我不能让那些自私的人变得更加自私。

我只是把房子从村西头搬到了村南头。我想稍稍试验一下我能不能挪动。人们都说：树挪死，人挪活。树也是老树一挪就死，小树要挪到好地方会长得更旺呢。我在这块地方住了那么多年，已经是一棵老树，根根脉脉都扎在了这里，我担心挪不好把自己挪死。先试着在本村里动一下，要能行，我再往更远处挪动。

可这一挪麻烦事跟着就来了。在搬进新房子的好几年间，我收工回来经常不由自主地回到旧房子，看到一地的烂土块才恍然回过神。牲口几乎每天下午都回到已经拆掉的旧圈棚，在那里挤成一堆。我的所有的梦也都是在旧房子。有时半夜醒来，还当是门在南墙上。出去解手，还以为茅厕在西边的墙角。

不知道住多少年才能把一个新地方认成家。认定一个地方时或许人已经老了，或许到老也无法把一个新地方真正认成家。一个人心中的家，并不仅仅是一间属于自己的房子，而是长年累月在这间房子里度过的生活。尽管这房子低矮陈旧，清贫如洗，但堆满房子角角落落的那些黄金般珍贵的生活情节，只有你和你的家人共拥共享，别人是无法看到的。走进这间房子，你就会马上意识到：到家了。即使离乡多年，再次转世回来，你也不会忘记回这个家的路。

我时常看到一些老人，在晴朗的天气里，背着手，在村外的田野里转悠。他们不仅仅是看庄稼的长势，也在瞅一块墓地。他们都是些幸福的人，在一个村庄的一间房子里，生活到老，知道自己快死了，在离家不远的地方，择一块墓地。虽说是离世，也离得不远。坟头和房顶日夜相望，儿女的脚步声在周围的田地间走动，说话声、鸡鸣狗吠时时传来。这样的死没有一丝悲哀，只像是搬一次家。离开喧闹的村子，找个清静处待待。地方是自己选好的，棺木是早几年便盼咐儿女们做好的。从木料、样式到颜色，都是照自己的意愿去做的，没有一丝让你不顺心不满意。

唯一舍不得的便是这间老房子，你觉得还没住够，亲人们也这么说：你不该早早离去。其实你已经住得太久太久，连脚下的地都住老了，头顶的天都住旧了。但你一点没觉得自己有多么"不自觉"。要不是命三番五次地催你，你还会装糊涂活下去，还会住在这间房子里，还进这个门，睡这个炕。

我一直庆幸自己没有离开这个村庄，没有把时间和精力白白耗费在另一片土地上。在我年轻的时候、年壮的时候，曾有许多诱惑让我险些远走他乡，但我留住了自己。我做得最成功的一件事，是没让自己从这片天空下消失。我还住在老地方，所谓盖新房搬家，不过是一个没有付诸行动的梦想。我怎么会轻易搬家呢。我们家屋顶上面的天空，经过多少年的炊烟熏染，已经跟别处的天空大不一样。当我在远处，还看不到村庄，望不见家园的时候，便能一眼认出我们家屋顶上面的那片天空，它像一块补丁，一幅图画，不管别处的天空怎样风云变幻，它总是晴朗祥和地贴在高处，家安安稳稳坐落在下面。家园周围的这一窝子空气，多少年被我吸进呼出，也已经完全成了我自己的气息，带着我的气味和温度。我在院子里挖井时，曾潜到三米多深的地下，看见厚厚的土层下面褐黄色的沙子，水就从细沙中缓缓渗出。而在西边的一个墙角上，我的尿水年复一年已经渗透到地壳深处，那里的一块岩石已被腐蚀得变了颜色。看看，我的生命上抵高天，下达深地。这都是我在一个地方地久天长生活的结果。我怎么会离开它呢。

我的死

　　那是一些等死的人。二十年前我离开黄沙梁时，他们已经闲坐在墙根晒太阳了。那时他们五十岁，或四十八九的样子，看上去不是太老。他们的儿女都已长大成人，接替了家里的事情。他们早早闲下来。每天太阳照东墙时他们在东墙根抽烟闲谝。太阳移到西墙时他们在西墙根打盹聊天。

　　他们中间的几个人已经不见了。其他几个，从五十岁等到六十，又从六十岁等到七十，死亡还没有来临。

　　有时候他们好像等急了，站到路上望一阵子，又坐回到墙根里。

　　我知道这个地方的人，二十岁、三十岁时在路上奔走，四十岁时在一块地里踏实劳动，五十岁时便坐在墙根晒太阳了。到这个年龄人开始想死亡之后的事情，人知道死亡世界的阴冷、黑暗与潮湿，所以一刻不停地朝着太阳，把骨头里的寒气晒出来，把头脑中的潮湿蒸发掉，在身体的每个毛孔都蓄满光明——这时候光明已很难进入到人内心，人身体和心灵间的路早已坑坑洼洼，世界来回地经过身体到达心灵时，把人的身体践踏坏了，一些通道已经堵死。七十岁时人便不再出门，整日关在一个小黑房子里。小房子一般和牛圈挨着，没有窗户。门缝用棉花和毛塞得严严实实——人从这个时候一点点地适应死亡后的孤独和黑暗。棺材在五十岁时便已做好，没有上漆，木头白生生的，停在棚下用草苫住。人六十岁时棺材上的草被风吹去。棺材明摆在人眼前，且油上红漆。人看着它往七十岁里奔，到了七十岁丧事变成喜事，对死亡的庆典像一场婚礼。

在我还是孩子的时候，我时常在那些晒太阳的老人跟前走来窜去，有时玩累了坐在他们中间，也背靠着墙，眯上眼睛，听他们出气和吸气、有一句没一句地说话。看他们打盹，头点一下，又点一下。他们瞌睡时上眼皮像房檐一下子塌落下来，堆在下眼皮上，都来不及躲，似乎突然地，什么被关在里面，什么被拒在外。有的老年人已经睁不开眼睛，或懒得再睁眼睛，看东西时用一小截细木棍，支在上下眼皮之间。他们朝路上看时，我也跟着看。我那时并不知道他们在空空的路上看见了什么。

我在那条道路尽头看见自己的死亡时已经快四十岁了。我突然真切地意识到自己有一天也会死——这个根本无法接受的现实。但我却想象不出我会在什么时候、以怎样的方式死去。

有一段时间我老担心我的胃会出问题。我再不能消化人间的一粒粮食，生命像一棵失水的草一天天枯死。有些日子我怀疑我的心脏——我看不见它。那是一间黑房子里的黑暗劳作。血看不见血的红色。跳动不息的心一定知道自己什么时刻停住——这桩黑暗漫长的活有一天终于要结束。但我不知道。我在世间的事情一桩接一桩。它停息的时候，不会在乎我正做着怎样重大或微小的一件事，即使这件事才刚刚开始。

如果真的这样，我的心脏不再起伏。如果死亡就这样无可避免地开始，能否让我依然柔韧有力的手臂单独地活下来，让它欢快地挥舞，让它去拥抱未及入怀的情人，让它抚摸遍每一件剩下的事情，然后独自飞去。

能否让我永不近视的眼睛依旧深情地看着人世，我满眼的不肯老去的柔情不能就这样化为灰土。让我不知疲倦的腿走完远未到头的人生路途，别把死告诉我的腿脚，让它跑掉。死亡不再追上它。

从这个年龄开始，死亡像入冬的冰水一样慢慢浸透了身体。它成了生活中的一件事。有关死亡的想象不由自主——

我可能会在一个凉爽的午后悄悄死去。那时满天的尘土已开始缓缓回落，像那些收工人停住手中的镰刀和锨，我停住呼吸——谁的一声鸣叫使我不由得睁开眼睛，看见这个下午的光阴，在土墙上西移了一大截子，月亮从柴垛后升起，吃饱肚子的羊结群回来，咩咩叫门，尘世的一件小事又一次使唤动我的身体。

我可能会在一个寒冷冬天孤独地死去。大雪拥门。上天收走所有的路。在我哪都不想去的时候，道路消失，无边的雪野围护住我的村子。可我的炉火还在呼呼地烧着，我还有劈好的一大堆柴禾，整整齐齐码在屋子里，还有半缸水、三五斗麦子。还有，许许多多，我认识不认识的人们，冒雪走向这个孤远的村落，他们深一脚浅一脚地，把千千万万条路递送到我的门口、窗根。

我死的时候，我的身边会有许许多多的亲人，我先他们离开人世。我在那边种好菜、盖好房子等他们。

我死的时候我会像个孩子。我会害怕地哭，让你揽我在怀里。像刚出生时一样，我贪婪地吸吮你的双乳，让你哄我，用人间最温柔的话语和抚摸。

我想像一只小虫一样在草根下简单地死去。

我死了，我的躯体应该像一根木头留在村里。多少年后我转世回来，他还结结实实，担在谁家的圈棚、房顶上，或作为拴牛桩栽在院子，他古怪的横叉指着的地方，是谁家废弃经年的院子，门楼不见，墙垣塌斜。

我一直在想弄清楚自己的死。

我正一步步走近的那一场死亡或许不是我的。

在那一刻我会看见我不认账的一个身体正渐渐死去。

他挣扎着，蹬了一下腿。

然后平静安详地——不动了。

我或许不会按我想象的方式轻易死去。死亡不是我的敌人，不需要我用一生的欢乐与幸福去抵消对付它。

我死的时候，我一世的麦场已收拾干净。

这边，是打得干干净净的饱满麦粒。

那边，是垛得高高的金色麦草垛。

我离去时，我的翅膀已长成。那日日升起的炊烟早已为我铺好天路。

当我走了，那滩芦草会记得我。那棵被我无意踩倒又长起来、身子歪斜的碱蒿会记得我。那棵树会记得我。当树被砍掉，树根会记得我。根被挖了，留在地上的那个坑会不会记得我。树根下的土会不会记得我。

多少年后我如烟似风的魂儿飘过时，谁会喊住我。谁会依旧如故地让我认得我的前世。

能挡住我风一样的魂儿的，必定是那堵残破不倒的土墙，能缠住我烟一般的魄儿的，除了年复一年的草木，除了一朝一夕的炊烟，又会是谁呢。

我认识的人们不会在那时候，站在村头。和他们相貌一样的子子孙孙会在这片土地上来回走动。他们说话的声音不会让我陌生。在那些院子和田野里，人们依旧干着多少年前我干过的那些事，吃着多少年前我吃过的那些食物。我依旧会在那时的微风里，闻到米饭和拉面的香味，闻到炒土豆和酸白菜的香味，闻到酒、烟叶和清茶的香味……我在虚茫的飘游中必然被它们唤醒。我会激动，无由无端地感激我曾实实在在经历的一切。它让风中缥缈的我逐渐有了意识。让早已成一缕烟一粒尘土的我，突然间有别于其他的烟和尘土。

它停住。

可是，在我消失的另一世还有芦苇和铃铛草吗？还有尘土和露水吗？还有天空、鸟群、风和风中的院门吗？

在那里，我能看见的只是万物的魂和根须。开花和结果将成为我所不知的深埋世间的隐秘。

我二十岁那年的秋天，家里有过一次少有的大丰收。麦子打了五十七麻袋，苞谷棒子堆了一院子，还有黄豆、葵花、油菜……十几年来我们第一次感到仓房小了，麻袋不够用。到了下头场雪，没处放置的苞谷棒只好一摞摞码在房顶上，惹得各种各样的鸟一冬天在我们家房顶盘旋。那时候我想，要是再有几个这样的好年成，我们就能把一辈子的粮食全打够，剩下的年月可以啥也不干地坐在墙根晒太阳了。我三十岁的时候，已经离开村子在一个城郊乡当农机管理员，那时我幻想着，我顶多干到四十岁，把一辈子的钱挣够，尔后啥也不干待在家里。

现在我已快四十岁了。我知道一生的许多想法都将一一落空。我根本无法在某个年龄停下来。即使到了六十岁，仍会有六十岁的一大堆事情——这时候我看见了那个让我最终停下来的终结——死亡。突然间我对这种一往直前的生存惊恐万分。我该早早地为我的死亡做点事情了。至少，我可以从从容容地晒着太阳，等候它的来临，像等候注定要来的一个友人。无论在黄沙梁的土墙根，或是城市街旁的石椅上，一个人只要消停下来，都会安安静静地等到自己的死亡。

死亡来了，我们就跟着它去。

我们向哪里去？当他们注销我的户籍、收回我的职务和土地、从各式各样的表格与名单中划去我的名字……我将去向何处……

先父

// 一

我比年少时更需要一个父亲，他住在我隔壁，夜里我听他打呼噜，费劲地喘气。看他躬腰推门进来，一脸皱纹，眼皮耷拉，张开剩下两颗牙齿的嘴，对我说一句话。我们在一张餐桌上吃饭，他坐上席，我在他旁边，看着他颤巍巍伸出一只青筋暴露的手，已经抓不住什么，又抖抖地勉力去抓住。听他咳嗽，大口喘气——这就是数年之后的我自己。一个父亲，把全部的老年展示给儿子。一如我把整个童年、青年带回到他眼前。

在一个家里，儿子守着父亲老去，就像父亲看着儿子长大成人。这个过程中儿子慢慢懂得老是怎么回事。父亲在前面蹚路。父亲离开后儿子会知道自己四十岁时该做什么，五十岁、六十岁时要考虑什么。到了七八十岁，该放下什么，去着手操劳什么。

可是，我没有这样一个老父亲。

我活得比你还老时，身心的一部分仍旧是一个孩子。我叫你爹，叫你父亲，你再不答应。我叫你爹的那部分永远地长不大了。

多少年后，我活到你死亡的年龄：三十七岁。我想，我能过去这一年，就比你都老了。作为一个女儿的父亲，我会活得更老。那时想起年纪轻轻就离去的你，就像怀想一个早夭的儿子。你给我童年，我自己走向青年、中年。

　　我的女儿只看见过你的坟墓。我清明带着她上坟，让她跪在你的墓前磕头，叫你爷爷。你这个没福气的人，没有活到她张口叫你爷爷的年龄。如果你能够，在那个几乎活不下去的年月，想到多少年后，会有一个孙女伏在耳边轻声叫你爷爷，亲你胡子拉碴的脸，或许你会为此活下去。但你没有。

// 二

　　留下五个儿女的父亲，在五条回家的路上。一到夜晚，村庄的五个方向有你的脚步声。狗都不认识你了。五个儿女分别出去开门，看见不同的月色星空。他们早已忘记模样的父亲，一脸漆黑，站在夜色中。

　　多年来儿女们记住的，是五个不同的父亲。或许根本没有一个父亲。所有对你的记忆都是空的。我们好像从来就没有过你。只是觉得跟别人一样应该有一个父亲，尽管是一个死去的父亲。每年清明我们上坟去看你，给你烧纸，烧烟和酒。边烧边在坟头吃喝说笑。喝剩下的酒埋在你的头顶。临走了再跪在墓碑前叫一声父亲。

我们真的有过一个父亲吗？

当我们谈起你时，几乎没有一点共同的记忆。我不知道六岁便失去你的弟弟记住的那个父亲是谁。当时还在母亲怀中哇哇大哭的妹妹记住的，又是怎样一个父亲。母亲记忆中的那个丈夫跟我们又有什么关系。你死的那年我八岁，大哥十一岁，最小的妹妹才八个月。我的记忆中没有一点你的影子。我对你的所有记忆是我构想的。我自己创造了一个父亲，通过母亲、认识你的那些人。也通过我自己。

如果生命是一滴水，那我一定流经了上游，经过我的所有祖先，爷爷奶奶、父亲母亲，就像我迷茫中经过的无数个黑夜。我浑然不觉的黑夜。我睁开眼睛。只是我不知道我来到世上那几年里，我看见了什么。我的童年被我丢掉了，包括那个我叫父亲的人。

我真的早已忘了，这个把我带到世上的人。我记不起他的样子，忘了他怎样在我记忆模糊的幼年，教我说话，逗我玩，让我骑在他的脖子上，在院子里走。我忘了他的个头，想不起家里仅存的一张照片上，那个面容清瘦的男人曾经跟我有过什么关系。他把我拉扯到八岁，他走了。可我八岁之前的记忆全是黑夜，我看不清他。

我需要一个父亲，在我成年之后，把我最初的那段人生讲给我。就像你需要一个儿子，当你死后，我还在世间传播你的种子。你把我的童年全带走了，连一点影子都没留下。

我只知道有过一个父亲。在我前头，隐约走过这样一个人。

　　我有一脚踩在他的脚印上，隔着厚厚的尘土。我的有一声追上他的声。我吸的有一口气，是他呼出的。

　　你死后我所有的童年之梦全破灭了。只剩下生存。

// 三

　　我没见过爷爷，他在父亲很小时便去世了。我的奶奶活到七十八岁。那是我看见的唯一一个亲人的老年。父亲死后她又活了三年，或许是四年。她把全部的老年光景示意给了母亲。我们的奶奶，那个老年丧子的奶奶，我已经想不起她的模样，记忆中只有一个灰灰的老人，灰白头发，灰旧衣服，弓着背，小脚，挂拐，活在一群未成年的孙儿孙女中。她给我们做饭，洗碗。晚上睡在最里边的炕角。我仿佛记得她在深夜里的咳嗽和喘息，记得她摸索着下炕，开门出去。过一会儿，又进来，摸索着上炕。全是黑黑的感觉。有一个早晨，她再没有醒来，母亲做好早饭喊她，我们也大声喊她。她就睡在那个炕角，弓着身，背对我们，像一个熟睡的孩子。

　　母亲肯定知道奶奶的更多细节，她没有讲给我们。我也很少问过。仿佛我们对自己的童年更感兴趣。童年是我们自己的陌生人。我们并不想看清陪伴童年的那个老人。我们连自己都无法弄清。印象中奶奶只是一个遥远的亲人，一个称谓。她死的时候，我们的童年还没有结束。她什么都没有看见，除了自己独生儿子的死，她在那样的年月里，看不见我们前途的一丝光亮。我们的未来向她关闭了。她对我们的所有记忆是愁苦。她走的时候，一定从童年领走了我们，在遥远的天国，她抚养着永远长不大的一群孙儿孙女。

// 四

在我八岁，你离世的第二年，我看见十二岁时的光景：个头稍高一些，胳膊长到锨把粗，能抱动两块土块，背一大捆柴从野地回来，走更远的路去大队买东西——那是我大哥当时的岁数。我和他隔了四年，看见自己在慢慢朝一捆背不动的柴走近，我的身体正一碗饭、一碗水地，长到能背起一捆柴、一袋粮食。

然后我到了十六岁，外出上学。十九岁到沙湾安集海小镇工作。那时大哥已下地劳动，我有了跟他不一样的生活，我再不用回去种地。

可是，到了四十岁，我对年岁突然没有了感觉。路被尘土蒙蔽。我不知道四十岁以后的下一年我是多大。我的父亲没有把那时的人生活给我看。他藏起我的老年，让我时刻回到童年。在那里，他的儿女永远都记得他收工回来的那些黄昏，晚饭的香味飘在院子。我们记住的饭菜全是那时的味道。我一生都在找寻那个傍晚那顿饭的味道。已经忘了是什么饭，一家人围坐在桌旁，筷子摆齐，等父亲的脚步声踩进院子，等他带回一身尘土，在院门外拍打。

有这样一些日子，父亲就永远是父亲了，没有谁能替代他。我们做他的儿女，他再不回来我们还是他的儿女。一次次，我们回到有他的年月，回到他收工回来的那些傍晚，看见他一身尘土，头上落着草叶。他把铁锨立在墙根，一脸疲惫。母亲端来水让他洗脸，他坐在土墙的阴影里，一动不动，好像叹着气，我们全在一旁看着他。多少年后，他早不在人世，我们还在那里一动不动看着他。我们叫他父亲，声音传不过去。盛好饭，碗递不过去。

// 五

你死去后我的一部分也在死去。你离开的那个早晨我也永远地离开了，留在世上的那个我究竟是谁。

父亲，只有你能认出你的儿子。他从小流落人世，不知家，不知冷暖饥饱。只有你记得我身上的胎记，记得我初来人世的模样和眼神，记得我第一眼看你时，紧张陌生的表情和勉强的一丝微笑。

我一直等你来认出我。我像一个父亲看儿子一样，一直看着我从八岁，长到四十岁。这应该是你做的事情。你闭上眼睛不管我了。我是否已经不像你的儿子。我自己拉扯大自己。这个四十岁的我到底是谁。除了你，是否还有一双父亲的眼睛，在看着我。

我的孤独在人群中

我在世间待得太久了。谁拍打过我头上的土。谁会像擦拭尘埃一样，拭去我的年龄、皱纹，认出最初的模样。当我淹没在熙攘人群中，谁会在身后喊一声：哎，儿子。我回过头，看见我童年时的父亲，我满含热泪，一步步向他走去，从四十岁，走到八岁。我一直想把那个八岁的我从童年领出来。如果我能回去，我会像一个好父亲，拉着那个八岁孩子的手，一直走到现在。那样我会认识我，知道自己走过了怎样一条路。

现在，我站在四十岁的黄土梁上，望不见自己的老年，也看不清远去的童年。

我一直等你来认出我，告诉我辈分，一一指给我母亲兄弟。他们一样急切地等着我回去认出他们。当我叫出大哥时，那个太不像我的长兄一脸欢喜，他被辨认出来。当我喊出母亲时，我一下喊出我自己，一个四十岁的儿子，回到家里，最小的妹妹都三十岁了。我们有了一个后父。家里已经没你的位置。

你在世间只留下名字，我为怀念你的名字把整个人生留在世上。我的身体承受你留下的重负，从小到大，你不去背的一捆柴我去背回来，你不再干的活我一件件干完。他们说我是你儿子，可是你是谁，是我怎样的一个父亲。我跟你走掉的那部分一遍遍地喊着父亲。我留下的身体扛起你的铁锨。你没挖到头的一截水渠我得接着挖完，你垒剩的半堵墙我们还得垒下去。

// 六

如果你在身旁，我可能会活成另外一个人。你放弃了教养我的职责。没有你我不知道该听谁的。谁有资格教育我做人做事。我以谁为榜样一岁岁成长。我像一棵荒野中的树，听由了风、阳光、雨水和自己的性情。谁告诉过我哪个枝丫长歪了。谁曾经修剪过我。如果你在，我肯定不会是现在的样子。尽管我从小就反抗你，听母亲说，我自小就不听你的话，你说东，我朝西。你指南，我故意向北。但我最终仍长得跟你一模一样。没有什么能改变你的旨意。我是你儿子，你孕育我的那一刻我便再无法改变。但我一直都想改变，我想活得跟你不一样。我活得跟你不一样时，内心的图景也许早已跟你一模一样。

早年认识你的人，见了我都说：你跟你父亲那时候一模一样。

我终究跟你一样了。你不在我也没活成别人的儿子。

可是，你那时坚持的也许我早已放弃，你舍身而守的，我或许已不了了之。没有你我会相信谁呢？你在时我连你的话都不信。现在我想听你的，你却一句不说。我多想让你吩咐我干一件事，就像早年，你收工回来，叫我把你背来的一捆柴码在墙根。那时我那么的不情愿，码一半，剩下一半。你看见了，大声呵斥我。我再动一动，码上另一半，仍扔下一两根，让你看着不舒服。

可是现在，谁会安排我去干一件事呢？我终日闲闲。半生来我听过谁的半句话？我把谁放在眼里，心存佩服？

父亲，我现在多么想你在身边，喊我的名字，说一句话，让我去门外的小店买一盒火柴，让我快一点。我干不好时你瞪我一眼，甚至骂我一顿。

如今我多么想做你让我做的一件事情，哪怕让我倒杯水。只要你吭一声，递个眼神，我会多么快乐地去做。

父亲，我如今多想听你说一些道理，哪怕是老掉牙的，我会毕恭毕敬倾听，频频点头。你不会给我更新的东西。我需要那些新东西吗。

父亲，我渴求的仅仅是你说过千遍的老话。我需要的仅仅是能够坐在你身旁，听你呼吸，看你抽烟的样子，吸一口，深咽下去，再缓缓吐出。我现在都想不起你是否抽烟，我想你时完全记不起你的样子。不知道你长着怎样一双眼睛，蓄着多长的头发和胡须，你的个子多高，坐着和走路是怎样的架势。还有你的声音，我听了八年，都没记住。我在生活中失去你，又在记忆中把你丢掉。

// 七

你短暂落脚的地方，无一不成为我长久的生活地。有一年你偶然途经，吃过一顿便饭的沙湾县城，我住了二十年。你和母亲进疆后度过第一个冬天的乌鲁木齐，我又生活了十年。没有谁知道你的名字，在这些地方，当我说出我是你的儿子，没有谁知道。

四十年前，在这里拉过一冬天石头的你，像一粒尘土埋在尘土中。

只有在故乡金塔，你的名字还牢牢被人记住。我的堂叔及亲戚们，一提到你至今满口惋惜。他们说你可惜了。一家人打柴放牛供你上学。年纪轻轻做到县中学校长、团委副书记。

要是不早早死掉，也该做到县长了。

他们谈到你的活泼性格，能弹会唱，一手好毛笔字。在一个叔叔家，我看到你早年写在两片白布上的家谱，端正有力的小楷。墨迹浓黑，仿佛你刚刚写好离去。

他们听说我是你儿子时，那种眼神，似乎在看多少年前的你。在那里我是你儿子。在我生活的地方你是我父亲。他们因为我而知道你，但你不在人世。我指给别人的是我的后父，他拉扯我们长大成人。他是多么的陌生，永远像一个外人。平常我们一起干活、吃饭，张口闭口叫他父亲。每当清明，我们便会想起另一个父亲，我们准备烧纸、祭食去上坟，他一个人留在家，无所事事。不知道他死后，我们会不会一样惦念他。他的祖坟在另一个村子，相距几十公里，我们不可能把他跟先父埋在一起，他有自己的坟地。到那时，我们会有两处坟地要扫，两个父亲要念记。

// 八

埋你的时候，我的一个远亲姨父掌事。他给你选了玛纳斯河

我的孤独在人群中

边的一块高台地，把你埋在龙头，前面留出奶奶的位置。他对我们说，后面这块空地是留给你们的。我那时多小，一点不知道死亡的事，不知道自己以后也会死，这块地留给我们干什么。

我的姨父料理丧事时，让我们、让他的儿子们站在一旁，将来他死了，我们会知道怎样埋他。这是做儿子的必须要学会的一件事，就像父母懂得怎样生养你，你要学会怎样为父母送终。在儿子成年后，父母的后事便成了时时要面对的一件事，父母在准备，儿女们也在准备，用很多年、很多个早晨和黄昏，相互厮守，等待一个迟早会来到的时辰，它来了，我们会痛苦，伤心流泪，等待的日子全是幸福。

父亲，你没有让我真正当一次儿子，为你穿寿衣、修容、清洗身体，然后，像抱一个婴儿一样，把你放进被褥一新的寿房。我那时八岁，看见他们把你装进棺材。我甚至不知道死亡是怎么回事。在我的记忆中埋你的墓坑是一个长方的地洞，他们把你放进去，棺材头上摆一碗米饭，插上筷子，我们趴在坑边，跟着母亲大声哭喊，看人们一锨锨把土填进去。我一直认为你从另一个出口走了。他们堵死这边，让你走得更远。多少年来我一直想你会回来，有一天突然推开家门，看见你稍稍长大几岁的儿女，衣衫破旧，看见你清瘦憔悴的妻子，拉扯五个儿女艰难度日。看见只剩下一张遗像的老母亲。你走的时候，会想到我们将活成怎样。我成年以后，还常常想着，有一天我会在一条异乡的路上遇见你，那时你已认不出我，但我一定会认出你，领你回家。一个丢掉又找回来的老父亲，我们需要他的时候他离去了。等我长大，过上富裕日子，他从远方流浪回来，老得走不动路。他给我一个赡养父亲的机会，也给我一个料理死亡的机会。这是父亲应该给儿子的，你没有给我。你早早把死亡给了别人。

// 九

我将在黑暗中孤独地走下去，没有你引路。四十岁以后的寂寞人生，衰老已经开始，我不知道自己在年老腰疼时，怎样在深夜独自忍受，又在白天若无其事，一样干活说话。在老得没牙时，喝不喜欢的稀粥，把一块肉含在口中，慢慢地嚼。我的身体迟早会老到这一天。到那时，我会怎样面对自己的衰老。父亲，你是我的骨肉亲人，你的每一丝疼痛我都能感知。衰老是一个缓慢到来的过程，也许我会像接受自己长个子、生胡须一样，接受脱发、骨质增生，以及衰老带来的各种病痛。

但是，你忍受过的病痛我一定能坦然忍受。我小时候，有大哥，有母亲和奶奶，引领我长大，也有我单独寂寞的成长。我更需要你教会我怎样衰老和死亡。

如果你在身旁，我会早早知道，自己的腿在多大年龄变老，走不动路。眼睛在哪一年秋天花去。这一年到来时，我会有时间给自己准备老花镜和拐杖。我会在眼睛彻底失明前，记住回家的路和那些常用物件的位置。我会知道你在多大年龄开始为自己准备后事，吩咐你的大儿子，准备一口好棺材，白松木的，两条木凳支起，放在草棚下。着手还外欠的债。把你一生交往的好朋友介绍给儿子，你死后无论我走到哪，遇到什么难事，认识你的人会说，这是你的后人。他们中的某个人，会伸手帮我一把。

可是，没有一个叫父亲的人，白发飘飘，把我向老年引。我不知道老是什么样子。我的腿不把酸痛告诉我。我的腰不把弯曲告诉我。我的皮肤不把皱纹告诉我。我老了我不知道。就像我年少时，不知道自己是一个孩子。我去沙漠砍柴、打土块、背猪草，干大人的活，没人告诉我是个孩子。父亲离开的那一年我们全长大了，从最小的妹妹，到我。你剩给我们的全是大人的日子。我的童年不见了。

直到有一天，我背一大捆柴回家，累了在一户人家墙根歇息，那家的女人问我多大了，我说十三岁。她说，你还是个孩子，就干这么重的活。我羞愧地低下头，看见自己细细的腿和胳膊，露着肋骨的前胸和独自长大的一双脚。你都死去多少年了，我以为自己早长大了，可还小小的，个子不高，没有多少劲。背不动半麻袋粮食。

如果寿命跟遗传有关，在你死亡的年龄，我会做好该做的事。如果我活过了你的寿数，我就再无遗憾。我的儿女们，会有一个长寿的父亲。他们会比我活得更长久。有一个老父亲在前面引领，他们会活得自在从容。

现在，我在你没活过的年龄，给你说出这些。我说的时候，我能感觉到你在听。我也在听，父亲。

后父

我们家住的地方有一条金沟河，民国时"日产斗金"。现在已少有人淘金了，上游河岸千疮百孔，到处是淘金人留下的无底金洞。金子淘完了，河又变成河。我们住在下游，用淘洗过金子的河水浇地，也能在河边的淤沙中看见闪闪发亮的金屑。这一带的老户人家，对金子从不稀罕，谁家没有过成疙瘩的黄金？我们家就有过一褡裢金子，那是多少我都不敢说出来。听我后父讲，他父亲在那时，也去上游的山里淘金。是在麦收后，地里没啥活了，赶上马车，一人拿一把小鬃毛刷子，在河边的石头缝里扫金子。全是颗粒金，几十天就弄半袋子。

我们家那一褡裢金子，后来不知去向。后父只是说整光了。咋整光的？就不说了。有几年他说自己藏的有金子呢，有几年又说没有了。我们就在他的金子谎话里，过了一年又一年。到现在，家里再没有人会相信他藏的有金子。

但我们家确实有过一褡裢金子。我后父也确实是一个有过金子的人，他说起金子来，一脸的自足和不在乎。

我们家邻居也有过一褡裢金子。那家的王老爷子，却从来不提金子的事。我后父说，他们家的金子，在新中国成立前三区革命逃战乱时，过玛纳斯河，家里的马不够用，把一褡裢金子交给本村的一个骑马人。过河后就失散了。

多少年后，王老爷子竟然找到了那个人，他就住在河对面的玛纳斯县，那个人也承认帮助驮过一褡裢金子，但过河后为了逃命，就把金子扔了。

"命要紧，哪能顾上金子。"那个人说。

王老爷子开始不信，后来偷偷打探了几年，这家人穷得钩子上揽毡，根本不像有金子的人家。后来就不追要了。王老爷子也再不提金子的事了。

那我们家的金子呢？后父闭口不说。早先我们住在他的旧房子，他有时给我母亲说金子的事。我们隐约觉得他藏的有金子。他是这里的老户，老新疆人，家底子厚。啥叫家底子，就是墙根子底下埋的有金子。听说村里的老户人家，都藏的有金子，却从来不说自己有。成疙瘩的金子埋在破房子底下，自己过穷日子，装得跟没钱人似的。我母亲也半信半疑地觉得我后父有金子。他不拿出来，可能是留了一手。

我们家搬出太平渠村那天，有用的东西都装上拖拉机，几只羊也装上了拖拉机，我母亲想，这下后父该把金子挖出来了吧。我们要搬到元兴宫去生活，后父的旧院子也便宜卖给了村里的光棍冯四，他不会把金子留给别人吧。可是，后父只是磨磨蹭蹭在他的旧院子转了几圈，捡了几根烂木棒扔到车上。然后，自己也上到车上。

我的孤独在人群中

　　这地方的有钱人，有过好多金子的人家，突然全变成了穷人。留下的全是有关金子的故事，不知道金子去了哪里。

　　二十世纪七八十年代，经常有人到我们这地方来挖金子。有一年大地主张寿山的孙子带一帮人，在他们家的老庄子上挖了三个月，留下一个大坑。另一年中地主方家的后人又在自家的老房子下挖了一个大坑。最大的一个坑是小地主唐人田家羊倌的后人挖的。羊倌曾看见唐家的人把一个坛子埋在羊圈下面。坛子由两个人抬，里面肯定是贵重东西。羊倌夜里睡在羊圈棚顶，看得清清楚楚。匪徒打来时，唐家人仓皇逃跑，没顾上把东西挖出来。后来也再没有唐家人音信，可能没逃掉，全被杀死了。

　　那个坑是三台推土机挖的，挖了两年。头一年挖到冬天停工了。第二年开春又挖了一个月。金子真是贵重，一点点东西，就要人挖这么大的坑。听人说，金子在地下会走动。但人又不知道金子会朝哪个方向走动，一年走几步。几十年来可能早已离开老地方，走得很远。也可能会朝下走，越走越深。或朝上走，走到地面，早被人拾走。所以，人在埋金子的羊圈棚下挖不到金子，便会把坑往大往深挖。这个坑一旦开挖了，便不会轻易罢休。因为挖坑要花钱雇人雇车，还要向当地的"土地爷"交土管费。假如花一万块钱还没找到金子，他就会再投五千块。这跟赌博押宝一样，总不甘心，金子会在下一锨土里，下一铲就会推出那个装金子的坛子。结果坑越挖越大，直挖到河边，挖到别人家墙根。往往是坑挖得越大，越证明没挖到东西。

在我们村边，那个挖得最深最大的坑，已经被当成水库。我们叫金坑水库。另几个小一点的坑被村民放水养鱼，有叫金鱼塘的，叫金塘子的。这些土坑纷纷被村民承包，合同一定六十年。那些人都鬼得很，借养鱼的钱把坑又往大往深挖，说是整理鱼塘，其实想侥幸找到金子。找不到也不要紧，养着鱼，占着坑。反正有一坛金子在里面呢。这里的老户人，都相信金子没有走远。好多走远的人又回来，守着早已破败的老房底子。从没听说谁挖到或拾到过金子。但埋金子的地方会被人牢牢记住。多少年后谁做梦听到黄金的动静，这地方又会无端地被挖一个大坑。

我后父的旧院子，以后会不会被我们挖成一个大坑呢？

有时候我想，后父可能真的藏有金子呢，他经常回太平渠村去看他的老房子，早年家里有马车时赶着马车去，后来我们家搬到县城，马车卖了，他就坐班车去。说是去要账。那院老房子作价四百五十块钱卖给冯四，只给了两百块，剩下的钱一直要不回来。冯四没钱，一年四季都没钱。他是五保户，不种地，村里救济一点口粮。冯四不可能把口粮卖掉还我们家的钱。后父知道这些，但依旧每年去要。去了跟冯四一起住在老房子里。我们就想，他可能打着要钱的幌子，去看他埋的金子。这么多年，他来来去去地到太平渠，可能已经把金子挖出来，挖出来会藏哪呢？可能已经埋到我们现在的房子底下。

也许他没挖出来，那些金子依旧在太平渠的老房子底下。也

我的孤独在人群中

许后父把它埋进去时就没想过要挖出来，他是留给自己的。留到最后，不知道会以什么样的方式给我们。也许他隐约说那一褡裢金子的时候，就已经把它给了我们。后父现在有八十岁了，因为年龄大了，这几年去太平渠少了，金子的事也说得少了。但经常说村里的老房子，说冯四的钱还没给，说要把老房子收回来。后父这样看重他的老房子，总让我们觉得那个老房底子下真的埋了金子。

将来有一天，我们会不会真的相信了那一褡裢金子的事，兄弟几个，雇一台推土机，轰轰隆隆地进到我们的老院子？

第二章

给太阳打个招呼

每个人都在找一件事，跟别人不一样的事。似乎没有两个人在干相同的事。那些年土地肥沃，雨水充足，人只剩下种和收两件事。随便撒些种子就够生活了。没人操心庄稼长不好，地里草长得旺还是苗长得旺，都不是事情。草和粮一同长到秋天，人吃粮，草喂牲口。一个月种，两个月收，九个月闲甩手。

但人不能闲住。除了种地手头上还要有一两件事，这才像个人。要不吃了睡，睡了吃，就跟猪一样了。

"实在没事干，学张望，站在沙梁上，朝远处的路上望望，再朝村子望望，也是件事。"这句话是韩拐子说的。韩拐子自从断了腿，就像一个有功劳的人，啥都不干了。瘸着腿走路，成了他和别人不一样的一件事。就像王五爷靠撒尿在虚土梁留下痕迹。过多少年，韩拐子一个脚印一个拐棍窝的奇特足迹，也会留在虚土中。

当人们知道张望每天一早一晚，站在沙梁上清点他们时，村里已经没几个人。好多人学冯七去跑顺风买卖，在一场风中离开村子。另一场风中，有人带着远处的尘土和落叶回来。更多的人永远在远处，穿过一座又一座别人的村子。跑顺风买卖成了虚土庄人人会干的一件事。谁在村里待得没意思了，都会赶一辆马车，顺风远去。丢在村里的话是跑买卖去了。跑赢跑亏，别人也不知道。在外面白住些日子回来，也没人说。反正这是一件事情。不过要做得像个样，出去时装几麻袋东西，回来时装几麻袋东西。不能空车去空车回，让人一看就知道是个闲锤子，跑空趟子呢。

肯定还有人，在村里干我们不知道的事。就像刘扁，挖一个洞钻到地下不出来。我五岁的早晨，只看见两种东西在离去，一个朝天上，一个朝远处。朝下的路是后来才看见的，村里有人朝地下走了。一些东西也在往地下走，不光是树根，有时翻地，发现几年前扔掉的一截草绳，已经埋到两拃深。而挖菜窖时挖出的一个顶针，不知道谁丢失的，已经走到一丈深的土中。还有我们的说话和喊叫，日复一日地，早已穿过地下的高山和河流。在那些草根和石头下面，日夜响彻着我们无所顾忌的喊叫。

有几年，我认为村里最大的一件事情，就是没人给太阳打招呼。

太阳天天从我们头顶过，一寸一寸移过我们的土墙和树，移过我们的脸和晾晒的麦粒。它落下去的时候，我们应该给它打个招呼。至少村里有一个人在日落时，朝它挥挥手，挤挤眼睛，或者喊一声。就是一个熟人走了，也要打个招呼的，况且这么大的太阳，照了全村人，照了全村的庄稼牛羊，它走的时候，竟没人

我的孤独在人群中

理识它。

也许村里有一个人，天天在日落时，靠着墙根，或趴在自己家朝西的小窗口，向太阳告别，但我不知道。

我五岁时，太阳天天从我家柴垛后面升起。它落下时，落得要远一些，落到西边的苞谷地。我长高以后看见太阳落得更远，落到苞谷地那边的荒野。

我长大后那块地还长苞谷。好像也长过几年麦子，觉得不对劲。七月麦子割了，麦茬地空荡荡，太阳落得更远了，落到荒野尽头不知道什么地方。西风直接吹来，听不见苞谷叶子的响声，西风就进村了。刮东风时麦子和草一块在荒野上跑，越跑越远。有一年麦子就跟风跑了，是六月的热风。人们追到七月，抓到手的只有麦秆和空空的麦壳。我当村长那几年，把村子四周种满苞谷，苞谷秆长到一房高，虚土庄藏在苞谷中间，村子的声音被层层叠叠的苞谷叶阻挡，传不到外面。

苞谷一直长到十一月，梆子掰了，苞谷秆不割，在大雪里站一个冬天。到了开春，叶子被牲畜吃光，秆光光的。

另外几年我主要朝天上望，已经不关心日出日落了。天上一阵一阵往过飘东西，头顶的天空好像是一条路。有一阵它往过飘树叶，整个天空被树叶贴住，一百个秋天的树叶，层层叠叠，飘过村子，没有一片落下来。另一阵它往过飘灰，远处什么地方着火了，后来我从跑买卖的人嘴里，没有听到一点远处着火的事，仿佛那些灰来自天上。更多时候它往过飘土，尤其在漫长的西风里，满天空的土朝东飘移。那时我就说，我们不能朝西去了，西边的土肯定被风刮光，剩下无边无际的石头滩。

可是没人听我的话。

王五说，风刮走的全是虚土。风后面还有风，刮过我们头顶的只是一场风，更多的风在远处停住，更多的土在天边落下。

冯七说，西风刮完东风就来了，风是最大的倒客，满世界倒买卖，跟着西风东风各跑一趟，就什么都清楚了。

韩三说，西风和东风在打仗，你把白沙扬过去，他把黄土扬过来。谁也不服谁。不过，总的来说，西风在得势。

在我看来，西风东风是一场风，就像我们朝东走到奇台再返回来。风到了尽头也回头，回来的是反方向的一场风，它向后转了个身，风尾变风头，我们就不认识了。尤其刺骨的西风刮过去，回来是温暖的东风，我们更认为是两场风了。其实还是同一场风，来回刮过我们头顶。走到最远的人，会看到一场风转身，风在天地间排开的大阵势。在村里我们看不见，一场一场的风，就在虚土庄转身，像人在夜里，翻了个身，面朝西又做了一场梦。风在夜里悄然转身，往东飘的尘土，被一个声音喊住，停下，就地翻个跟头，又脸朝西飘飞了。它回来时飞得更高，曾经过的虚土庄黑黑地躺在荒野。

我的孤独在人群中

我还是担心头顶的天空。虽然我知道，天地间来来回回是同一场风。但在风上面，尘土飘不到的地方，有一村庄人的梦。

我扬起脖子看了好几年，把飞过村子的鸟都认熟了。不知那些鸟会不会记住一个仰头望天的人。我一抬眼就能认出，那年飘过村子的一朵云又飘回来了。那些云，只是让天空好看，不会落一滴雨。我们叫闲云。有闲云的天空下面，必然有几个闲人。闲人让地上变得好看，他们慢悠悠走路的样子，坐在土块上想事情的姿势，背着手，眼睛空空地朝远望的样子，都让过往的鸟羡慕。

忙人让地上变得乱糟糟，他们安静不下来，忙乱的脚步把地上的尘土踩起来，满天飞扬。那些尘土落在另外的人身上，也落在闲人身上。好在闲人不忙着拍打身上的尘土，闲人若连身上的尘土都去拍打，那就闲不住了。

这片大地上从来只有两件事情，一些人忙着四处奔波，踩起的尘土落在另一些人身上。另一些人忙着拍打，尘土又飞扬起来。一粒尘土就足够一村庄人忙活一百年。

那时村里人都喜欢围坐在一棵榆树下闲聊。我不一样，白天我坐在一朵云下胡思，晚上蹲在一颗星星下面乱想。

刘二爷说，我们一天的大部分时间，朝西看。因为我们从东边来的，要去西边。我们晚上睡着时，脸朝东，屁股和后脑勺对着西边。

要是没有黑夜，人就一直朝前走了。黑夜让人停下，星星和月亮把人往回领，每天早晨人醒来，看见自己还在老地方。

　　真的还在老地方吗，我们的房子，一寸寸地迁向另一年。我们已经迁到哪一年了。从我记事起，到忘掉所有事，我不知道村里谁在记我们的年月。我把时间过乱了。肯定有人没乱，他们沿着日月年，有条不紊地生活，我一直没回到那样的年月。我只是在另一种时间里，看见他们。看见在他们中间，悄无声息的我自己。我不知道那是不是我。我在村庄里的生活，被别人过掉了。我在远处过着谁的生活。那些在尘土上面，更加安静，也更加喧嚣的一村庄人的梦里，我又在做着什么。

守夜人

每个夜晚都有一个醒着的人守着村子。他眼睁睁看着人一个个走光，房子空了，路空了，田里的庄稼空了。人们走到各自的遥远处，仿佛义无反顾，又把一切留在村里。

醒着的人，看见一场一场的梦把人带向远处，他自己坐在房顶，背靠一截渐渐变凉的黑烟囱。每个路口都被月光照亮，每棵树上的叶子都泛着荧荧青光。那样的夜晚，那样的年月，我从老奇台回来。

我没有让守夜人看见。我绕开路，爬过草滩和麦地溜进村子。

守夜人若发现了，会把我送出村子。认识也没用。他会让我天亮后再进村。夜里多出一个人，他无法向村子交代。也不能去说明白。没有天大的事情，守夜人不能轻易在白天出现。

守夜人在鸡叫三遍后睡着。整个白天，守夜人独自做梦，其他人在田野劳忙。村庄依旧空空的，在守夜人的梦境里太阳照热墙壁。路上的溏土发烫了。他醒来又是一个长夜，忙累的人们全睡着了。地里的庄稼也睡着了。

按说，守夜人要在天亮时，向最早醒来的人交代夜里发生的事。早先还有人查夜，半夜起来撒尿，看看守夜人是否睡着了。后来人懒，想了另外一个办法，白天查。守夜人白天不能醒来干别的。只要白天睡够睡足，晚上就会睡不着。再后来也不让守夜人天亮时汇报了。夜里发生的事，守夜人在夜里自己了结掉。贼来了把贼撵跑，羊丢了把羊找回来。没有天大的事情，守夜人决不能和其他人见面。

从那时起守夜人独自看守夜晚，开始一个人看守，后来村子越来越大，夜里的事情多起来，守夜人便把村庄的夜晚承包了，一家六口人一同守夜。父亲依旧坐在房顶，背靠一截渐渐变凉的黑烟囱，眼睛盯着每个院子每片庄稼地。四个儿子把守东南西北四个路口。他们的母亲摸黑扫院子，洗锅做饭。一家人从此没在白天醒来过。白天发生了什么他们全然不知。当然，夜里发生了什么村里人也不知道。他们再不用种地，吃粮村里给。双方从不见面。白天村人把粮食送到他家门口，不声不响走开。晚上那家人把粮食拿进屋，开夜伙。

村里规定，不让守夜人晚上点灯。晚上的灯火容易引来夜路上的人。蚊虫也好往灯火周围聚。村庄最好的防护是藏起自己，让人看不见，让星光和月光都照不见。

多少年后，有人发现村庄的夜里走动着许多人，脸惨白，身条细高。多少年来，守夜人在夜里生儿育女，早已不是五口，已是几十口人。他们像老鼠一样昼伏夜出。听说一些走夜路的人，跟守夜人有密切交往。那些人白天睡在荒野，在大太阳下晒自己的梦。他们把梦晒干带上路途。这样的梦像干草一样轻，不拖累人。夜晚的天空满是飞翔的人。村庄的每条路都被人梦见，每个人都被人梦见。夜行人穿越一个又一个月光下的村庄。一般的村子有两条路，一条穿过村子，一条绕过村子。到了夜晚穿过村子的路被拦住，通常是一根木头横在路中。夜行人绕村而行，车马声隐约飘进村子，不会影响人的梦。若有车马穿村而过，村庄的夜晚被彻底改变。瞌睡轻的人被吵醒，许多梦突然中断。其余的梦改变方向。一辆黑暗中穿过村庄的马车，会把大半村子人带上路程，越走越远，天亮前都无法返回，而突然中断的梦中生活会作为黑暗留在记忆中。

如果认识了守夜人，路上的木头会移开，车马轻易走进村子。守夜人都是最孤独的人，很容易和夜行人交成朋友。车马停在守夜人的院子，他们在星光月影里暗暗对饮，说着我们不知道的黑话。守夜人通过这些车户，知道了这片黑暗大地的东边有哪些村庄，西边有哪条河哪片荒野。车户也从守夜人的嘴里，清楚这个黑暗中的村庄住着多少人，有多少头牲畜，以及那些人家的人和事。他们喜欢谈这些睡着的人。

"看，西墙被月光照亮的那户人，男人的腿断了，天一阴就腿疼。如果半夜腿疼了，他会咳嗽三声。紧接着村东和村北也传来三声咳嗽，那是冯七和张四的声音。只要这三人同时咳嗽了，天必下雨。他们的咳嗽先雨声传进人的梦。"

那时，守在路口的四个儿子头顶油布，能听见雨打油布的声音，从四个方向传来。不会有多大的雨，雨来前，风先把头顶的天空移走，像换了一个顶棚。没有风头顶的天空早旧掉了。雨顶多把路上的脚印洗净，把遍野的牛蹄窝盛满水，就住了。牛用自己的深深蹄窝，接雨水喝。野兔和黄羊，也喝牛蹄窝的雨水，人渴了也喝。那是荒野中的碗。

"门前长一棵沙枣树的人家，屋里睡着五个人，女人和她的四个孩子。她的二儿子睡在牛圈棚顶的草垛上。你不用担心他会看见我们，虽然他常常瞪大眼睛望着夜空，他比那些做梦的人离我们还远。他的目光回到村庄的一件东西上，那得多少年时光。这是狗都叫不回来的人，虽然身体在虚土庄，心思早在我们不知道的高远处。他们的父亲跟你一样是车户，此刻不知在穿过哪一座远处村落。"

在他们的谈论中，大地和这一村沉睡的人渐渐呈现在光明中。

还有一些暗中交易，车户每次拿走一些不易被觉察的东西，就像被一场风刮走一样。守夜人不负责风刮走的东西，被时光带走的东西守夜人也不负责追回来。下一夜，或下下一夜，车户捎来一个小女子，像一个小妖精，月光下的模样让睡着的人都心动。她将成为老守夜人的儿媳妇留在虚土庄的长夜里。

我的孤独在人群中

夜晚多么热闹。无边漆黑的荒野被一个个梦境照亮。有人不断地梦见这个村庄，而且梦见了太阳。我的每一脚都可能踩醒一个人的梦。夜晚的荒野忽暗忽明。好多梦破灭，好多梦点亮。夜行人借着别人的梦之光穿越大地。而在白天，只有守夜人的梦，像云一样在村庄上头孤悬。白天是另一个人的梦。他梦见了我们的全部生活。梦见播种秋收，梦见我们的一日三餐。我们觉得，照他的梦想活下去已经很好了。不想再改变什么了。一个村庄有一个白日梦就够了。地里的活要没梦的人去干。可能有些在梦中忙坏的人，白天闲甩着手，斜眼看着他不愿过的现实生活。我知道虚土庄有一半人是这样的。

天倏忽又黑了。地上的事看不见了。今夜我会在梦中过怎样的生活。有多少人在天黑后这样想。

这个夜晚我睡不着了。我睡觉的地方躺着另一个人，我不认识。他的脸在月光下流淌、荡漾，好像内心中还有一张脸，想浮出来，外面的脸一直压着它，两张脸相互扭。我听说人做梦时，内心的一张脸浮出来，我们不认识做梦的人。

我想把他抱到沙枣树下，把我睡觉的那片炕腾出来，我已经瞌睡得不行，又担心他的梦回来找不到他，把我当成他的身体，那样我就有两场梦。而被我抱到沙枣树下的那个人，因为梦一直没回来，便一直不能醒来，一夜一夜地睡下去，我带着他的梦醒来睡着，我将被两场不一样的梦拖累死。

　　梦是认地方的。在车上睡着的人，梦会记住车和路。睡梦中被人抱走的孩子，多少年后自己找回来，他不记得父母家人，不记得自己的姓，但他认得自己的梦，那些梦一直在他当年睡着的地方，等着他。

　　夜里丢了孩子的人，把孩子睡觉的地方原样保留着，枕头不动，被褥不动，炕头的鞋不动，多少多少年后，一个人经过村庄，一眼认出星星一样悬在房顶的梦，他会停住，已经不认识院子，不认识房门，不认识那张炕，但他会直端端走进去，睡在那个枕头上。

　　我离开的日子，家里来了一个亲戚，一进门倒头就睡。

　　已经睡了半年了。母亲说。

　　他用梦话和我们交谈。我们问几句，他答一句。更多时候，我们不问，他自己说，不停地说。开始家里每天留一个人，听他说梦话。他在说老家的事，也说自己路上遇到的事。我们担心有什么重要事他说了，我们都去地里干活，没听见。后来我们再没工夫听他的梦话了。他说的事情太多，而且翻来覆去地说，好像他在梦中反复经历那些事情。我们恐怕把一辈子搭上，都听不完他的梦话。

　　也可能我们睡着时他醒来过，在屋子里走动，找饭吃。坐在炕边，和梦中的我们说话。他问了些什么，模模糊糊地，我们回答了什么，谁都想不起来。

自从我们不关心他的梦话，这个人离我们越来越远。

我们白天出村干活，他睡觉。我们睡着时他醒来。

我们发现他自己开了一块地，种上粮食。

大概我们的梦话中说了他啥也不干白吃饭的话，伤他的自尊了。

他在黑暗中耕种的地在哪里，我们一直没找到。

有一阵我父亲发现铁锨磨损得比以前快了。他以为自己在梦中干的活太多，把锨刃磨坏。

可是梦里的活不磨损农具。这个道理他是孩子时，大人就告诉了。

肯定有人夜晚偷用了铁锨。

一个晚上我父亲睡觉时把铁锨立在炕头，用一根细绳拴在锨把上，另一头握在手里。

晚上那个人拿锨时，惊动了父亲。

那个人说，舅，借你铁锨打条埂子。光吃你们家粮食，丢人得很。我自己种了两亩麦子。

我父亲在半梦半醒中松开手。

从那时起，我知道村庄的夜晚生长另一些粮食，它们单独生长，养活夜晚醒来的人。守夜人的粮食也长在夜里，被月光普照，在星光中吸收水分营养。他们不再要村里供养，村里也养不起他们。除了繁衍成大户人家的守夜人，还有多少人生活在夜晚，没人知道。夜里我们的路空闲，麦场空闲，农具和车空闲。有人用我们闲置的铁锨，在黑暗中挖地。穿我们脱在炕头的鞋，在无人的路上，来回走，留下我们的脚印。拿我们的镰刀割麦子，一车车麦子拉到空闲的场上，铺开，碾扎，扬场，麦粒落地的声音碎碎地拌在风声里，听不见。

天亮后麦场干干净净，麦子不见，麦草不见，飘远的麦壳不见。只有农具加倍地开始磨损。

那样的夜晚，守夜人坐在自家的房顶，背靠一截渐渐变凉的黑烟囱，他在黑暗中长大的四个儿子，守在村外的路口。有的蹲在一棵草下，有的横躺路上，我趴在草垛上，和他们一样睁大眼睛。从那时起我的白天不见了，可能被我睡掉了。

守夜人的儿媳魂影似的走在月色中，她的脸月亮一样，把自己照亮。我在草垛上，看着她走遍村子，不时趴在一户人家窗口，侧耳倾听。她趴在我们家窗口倾听时，我就在她头顶的草垛上，一动不动。她听了有一个时辰，我不知道她听见了什么。

整个夜晚，她的家人都在守夜，她一个人在村子里游逛。不知道她的白天是怎样度过，一家人都在沉睡，窗户用黑毡蒙住，天窗用黑毡盖住，门缝用黑羊毛塞住。半丝光都透不进去，连村庄里的声音都传不进去。

早些时候我和她一样，魂影似的走在月光里，一一推开每户人家的门。那些院门总是在我走到前，被风刮开一个小缝，我侧身进去，踮起脚尖，趴在窗口倾听。有些人家一夜无话，黑黑静

我的孤独在人群中

静的。有的人家，一屋子梦话。东一声西一声，远一句近一句。那些年，我白天混在大人堆里，夜晚趴在他们的窗口，我耳朵里有村庄的两种声音，我慢慢地辨认它们，在他们中间，我慢慢地辨认出我自己。

当我听遍村子所有人家的声音，魂影似的回来，看见我们家的门大敞着，月光一阵一阵往院子里涌，沙枣树也睡着了，它的影子梦游似的在地上晃动。我不敢走进它的影子里，我侧着身，沿着被月光镶嵌的树影边缘，走到窗户根，静静听我们家的声音，他们说什么。有没有说到我。大哥在梦中喊，他遇到了什么事，只喊了半声，再一点声息没有了。也许他在梦里被人杀死了。母亲一连几个晚上没说话。她是否一直醒着，侧耳听院子里的动静。听风刮开院门，一个小脚步魂影似的进来，一定是她流失的孩子回来了，她等他敲门，等他在院子里喊。

我睡在他们中间时，我又在说些什么，那时趴在窗口倾听的人又是谁。

我下梯子时睡着了，感觉自己像一张皮，软软地搭在梯子上。以后的事情好像是梦，守夜人的儿媳把我抱下来，放在一块红头巾上。我知道我睡着了，不能睁开眼睛。我恍惚觉得她侧躺在我身旁，一只手支着头，另一只手捧着乳房，像母亲一样，把奶往我嘴里喂。我听人说，男人只有吃了第二个女人的奶，才会长大。我是否吃她的奶水突然长成大人。

　　一个早晨，我母亲见我搂着一个女人睡觉，吃惊坏了。我把守夜人的儿媳领到白天，和我们一起生活。后来我在路上拾到的那个女人又是谁。以后的事我再记不清，好像是别人的生活，被我遗忘了。

　　我只记得那些夜晚，村庄稍微有些躁动。四处是脚步声，低低的说话声。守夜人家丢了一个人，他们在夜晚找不见她，从天黑找到天亮前。他们不会找到白天，守夜人不敢在白天睁开眼睛，阳光会把他们刺成瞎子。守夜人自家的人丢了，可以不向村里交代。村里人并不知道夜晚发生了什么。

　　守夜人的儿子分别朝四个方向去寻找，他们夜晚行走白天睡觉，到达一个又一个黑暗村庄。每个村庄都有守夜人，虽然从不见面，但都相互熟悉。他们像老鼠一样繁殖，已经成一个群体。那些夜行人，把每个村庄守夜人的名姓传遍整个大地。守夜人的四个儿子，朝四个方向寻找的路上，受到沿途村庄守夜人的热情接待。他们接待外来守夜人的最高礼仪，是把客人请到房顶，挨个讲自己村庄的每户人家。

　　"看，西边房顶码着木头的那家，屋里睡着五个人，一个媳妇和四个孩子。丈夫常年在外。刮西风时能听见那个女人水汪汪的呻吟。她夜夜在梦中跟另一个男人偷情。"

　　"东边院门半掩的那户人家里，有个瞎子，辨不清天黑天明，经常半夜爬起来，摸着墙和树走遍村子。那些墙和树上有一条被

我的孤独在人群中

他的手摸光的路。"

在主人一一的讲述中，这一村庄沉睡的人渐渐裸露在月光里。

每个村庄的夜晚都不一样。因为村里的人不一样，发生的事就不一样，做的梦也不一样。

虽然一直生活在夜里，每个守夜人对这片大地都了如指掌。

还有一个村庄的守夜人，把村里的东西倒腾光，他们用十驾马车，拉着一个村庄的好东西连夜潜逃。一村庄人在后面追。守夜人白天在荒野睡觉，晚上奔跑。村里人晚上睡觉，白天追。所以总追不上。后来村里人白天黑夜地追赶，大地的夜晚被搅乱，一村庄人的脚步和喊叫声把满天空的梦惊醒，他们高举火把，一路点草烧树，守夜人无藏身处，只好沿路扔东西，每晚扔一车，十个晚上后，荒野恢复平静。

我把守夜人的儿媳藏在白天。天一黑就哄她睡着。人睡着后就变成另外一个人，走进另外的年月。就像刘二爷说的，藏在自己梦中的人，谁还能找见。我们顶多能找到一个人做梦的地方。走远的人都说，给我梦的地方，是我终生的故乡。守夜人的梦在白天，大太阳底下。他们的梦比我们的干燥，更轻，飘得更高更远。

守夜人的四个儿子回来时，父亲已经老死在房顶，母亲一个人守着孤零零的村子，那时天上开始落土。人在大地上乱跑，把土踩起来，扬到天上。土又往下落。一些东西放一晚上就不见了，守夜人知道自己再守不住这个村子，一个晚上，他们全家消失。

　　人们并不知道守夜人消失了，虚土庄没人守夜，夜晚每个路口敞开，人们留下一座没人守的村庄，梦越来越远，因为从梦中回到村庄的路远了，夜晚开始拉长，天一黑人就睡觉，太阳上墙头才醒。喊醒一个人越来越不容易，很早前狗叫一声人就醒了，风吹动窗纸人就会惊醒。现在，嗓子喊哑也不会喊醒一个人。有的人，好像醒了，挤眼睛，翻身，伸腿，那只是半醒，他在努力把断了的梦续上。谁愿意醒来，除非饿得不行了，梦见的饭再不能吃饱人，人醒过来，点火烧饭。人开始看重梦里的东西，白天好像变得不重要。人只希望尽快熬过白天，进入另一个夜晚。地里的活没人操心，甚至有人认为梦见的东西才是自己的。以前人们想方设法把梦里的东西转移到白天，现在好像反了，有人想把自己的马带到梦中，把马牵到炕头，一只手牵着缰绳入梦。人在梦中老被人追赶，跑得两腿发软，那时候他的马却不在身边。想把钱带到梦中，把做熟的饭带到梦中，把自己喜欢的人带到梦中。
　　人们忙于解决梦中遇到的问题，村庄里生活变轻了。

我的孤独在人群中

赌徒

"下一阵风会吹落树上的哪片叶子。"
"吹落的叶子会飘到哪个村庄哪片荒野。"

每年七月，从第一茬麦子打下后，贩运粮食、盐、皮货的马车便一辆接一辆到达虚土庄。其实不会很多，每年都是那几辆马车经过，许多年后人们回想起来，似乎许多马车接连不断地经过庄子。马车在村头的大胡杨树下歇脚。马拴在暴露的老树根上，车停在树荫下。树的左边是杨三寡妇的拉面馆。右边是赌徒赵香九的阴阳房，半截露出地面。

赶车人一般都会住些日子。他们都是做顺风买卖的，有人在等一场风停，有人要等一场风刮起来。那些马车车架两边各立一根高木杆，上面扯着麻布，顺风时麻布像帆一样鼓起。遇到大风，车轮和马蹄几乎离地飞驰，日行百里，风停住车马停住。

虚土庄是风的结束地。除了日久天长的西北风，许多风刮到这里便没劲了，叹一口气扑倒在村子里。漫天的尘土落下来，浮在地面。顺风跑的车马停住。这片荒野太大了，一场一场的风累死在中途。村子里的冯七爷跑了大半辈子顺风买卖，许多风是他掀起来的，在人们的印象中，他放羊一样放牧着天底下的大风，一场一场的风被他吆到天边又赶回来。

等风的日子车户们坐在树下，终日无事。不会有几个人，更多时候树下只一辆车，两个人——车户和赌徒赵香九。冯七爷的马车这时节在远处，顺风穿过一座又一座别人的村子。虚土庄的世界由赵香九撑着。他的两张赌牌扣在地上，牌的背面画一棵树，正面各写一句话。赵香九翻开第一张牌。纸牌很大。他翻开时仿佛感觉到一场大风正在远处形成，不断向这个村庄，向这棵大树推进。

"风会刮落树上的哪片叶子。"

每片叶子上都压着一头牛或一麻袋麦子的赌注。车户大多是赌徒，仰脸望着树，把车上的麦子压在一片金黄闪亮的叶子上。

风说来就来，先吹动树梢，再摇动树干。整棵树的叶子哗哗响。仿佛风在洗牌。车户在无数棵树下歇过脚，仰面朝天，盯着那些树叶睡着又醒来，自然清楚哪些叶子会先落，哪些后落。这样的赌，车户一般会赢。他押注的那片叶子，似乎因为一麻袋麦子的重量而坠落下来。车户轻松赢得第一局。

接着，赵香九翻开第二张牌。往往在第一局见分晓时，骤然大起来的风掀开第二张纸牌。车户看见上面的字：

"刮落的叶子会被风吹向哪个村庄哪片荒野。"

我的孤独在人群中

　　所押的注是十麻袋麦子，外加一辆车三匹马。几乎是车户全部的家当。

　　车户对这片荒野了如指掌，自以为熟知那些叶子的去向和落脚处。一年四季，车户伴着飘飞的叶子上路。有时他们的车马随着满天的尘土草叶一同到达目的，叶子落下车停下。有时飘累了的叶子落在一片沙梁，由于荒无人家，车户还得再赶一段路。第二天，或第三天，那些叶子又被另一场风卷起，追上他们。车户在一场一场的风里，把一个村庄的东西贩运到另一个村庄，赚个差价。十麻袋麦子，从虚土庄贩到柳户地，跑三四天，赚一麻袋多麦子。除掉路上花费，所剩无几。车户从一片轻轻飘起的叶子上，看见他好几年才能挣来的财富。这样的赌谁会错过。一旦赢了，车马租给别人，下半辈子就可以躺下吃喝了。

　　赵香九同样熟悉这片荒野，他甚至追着好几场风去丈量过它的长度，亲眼看到那些风怎样刮起又平息。对头顶这棵大胡杨树的叶子，他闭着眼睛都能说出哪片先落。

　　每年八九月，树最底层的叶子开始黄。那时节没有大风。叶子被鸟踏落，被微风摇落，坠在大树底下。乘凉的人坐在落叶上。赶到树中层的叶子黄落时，漫长的西风开始刮起。这时的风悠长却无力，顶多把树叶刮过村庄，刮到河湾东边的荒滩。等到十月十一月，树梢的叶子黄透，西风也在漫长的吹刮中壮实有力了。树梢的叶子薄而小，风将它吹起来，一直飘过三道河，到达沙漠深处。赵香九真正渴望的是第二局。他往往把第一局让给车户。

在骤然大起的西风里，让第二局顺利开始。

　　"这片叶子会飘到三道河之间的柳户地。"先是车户说一个地方。

　　两人在落下那片树叶的阴阳面，各写上自己的名字。无论车户说多远，赵香九都会说一个更远的地方。

　　叶子被放入风中。

　　他们骑上各自的马。风越刮越大。旋起的叶子在空中飘浮一阵，像和树依依作别。车户和赵香九也回头望一眼留在树下的车、房子。然后，随一片飘飞的叶子飞奔而去。

　　如果他们在这场风中没追上那片叶子，后一场风会将它刮得更远。也会遇到相反的一场风，将他们眼看追上的叶子卷上高空，刮过头顶飘回到出发的地方。俩人被扔在荒野中，无奈地打马回返。这种情景少极了。往往是叶子远远飘过他们所说的地方。车户根本没想到一片叶子会把他带到难以想象的远方。他原以为顶多贩一趟粮食的天数，他就会追上那片叶子。当他们跑了五天五夜，到达三道河之间的柳户地时，却没找到那片叶子。

　　他们在柳户地住了一天，找遍两河之间的每一寸土。荒原上的风很少拐弯，叶子不会偏离风向太远。只要他们顺着风向找，叶子会出现在人左右目击的地方。这片荒野少有草木，多少年的风已将它吹刮得干净平坦。一片叶子很容易被看见。他们还问了

我的孤独在人群中

几个当地人，有没有看见一片写了字的叶子飘下来。

柳户地是一个季节性的小集市。麦收后交易麦子，瓜熟时卖瓜，地里没东西时，它也成为一片无人的空地。那里的人这阵子整天忙着看秤砣称星，谁会有空朝天上望呢。不过，一个白胡子老汉说，昨天傍晚他过最后一秤苞谷时，突然秤杆动了一下，一看，一片胡杨叶子落在麻袋上。不过上面没写字。他又抬头看天，一片叶子正飘过去，满天空红红的，那片叶子也染成红色。他觉得好看，就多望了一阵。那时地上的风停了，可能高空的风还没停，因为云还在移动。他告诉车户和赵香龙，现在正刮的这场风是昨天后半夜兴起的。你们在路上可能不知道，那场你们追赶的风在这地方歇息半夜又起程了，它变成另一场风。风向也偏北了一点，不过那片叶子，有没有字他没看清。他一直看着它飘进一片红云。

"那它肯定落到沙漠边了。"赵香九说。

车户却不已为然。它相信那片叶子会飘过河东边的沙漠边，一直飘进茫茫沙漠。

事实也是这样。那片叶子既没落在车户押注的柳户地，也没落在赵香九押注的沙漠边。两人都没赢，也都没输。

接下来的选择是，他们要么空手回去，另选一片叶子再赌，要么接着赌这片叶子。

俩人自然选择了后者。

因为他们对前方的地域一无所知，根本无法知道那片叶子会飘到哪里。赌注只有押在叶子落地的阴阳面上。车户认为叶子落地时会跟它在树上时一样，阴面朝下。而赵香九则认为叶子一直阴面朝下生长，它会借着坠落，借着一场风改变一下自己。

赌注会在奔走的路上越押越大。随着路途的艰辛和遥遥无期，两人都觉得最初的赌注不足以让他们付出如此巨大的代价，便不断再往上押钱、地、女人、房子。每当他们走得晕头转向，快要失去信心时，便会停下来，再次增加筹码。开始押自己已有的财产，后来押自己后半生可能会有的财产。到后来实在无物可押时，两人都押上了各自的命。

"如果我输了，下半生带着所有的家产和老婆孩子，给你当牛做马。"赵香九说。

"如果我输了，也跟你说的一样。"车户说。

他们追赶到沙漠中一片小平原时，几乎就要追上那片叶子了。呼啸的秋风却带来了入冬的第一场雪。所有的树叶被埋住。两个人站在白茫茫的雪野中，前后不着村店。天气猛然变得寒冷。幸好马背上的粮食还充裕。两人商定，在平原上挖一个地窝子住下，等冬天过去，明春雪消了再继续找。反正那片叶子再不会飞走，肯定就在这片平原上。雪消后叶子会潮湿，不易被风吹起。他们有可能在那时候找到它。

当然，意外的情况也时时存在。一片飘落的叶子，有可能让冬天拱雪觅食的动物吃掉。让鸟衔去做了窝。让老鼠拖进洞穴当

我的孤独在人群中

了被褥。也可能被一场秋雨洗净上面的字，跟万万千千落叶没有区别。

反正，他们追得越远，那片叶子越容易被追丢。它不在天上，也不在地上。满天地都飘落着各种草木的叶子，他们最后的结局往往是，在不断转向的风中迷失方向，空手而归。

大胡杨树后面有一片地窝子，住着好几个老掉的外乡人。他们都是追一片叶子追老的，早忘了自己要去哪，什么事在远方等着自己。记起来也没用了，人已经老掉了，再挪不动半步。当年的车马粮食输得一干二净。有些是真输了，多数人在追赶一片叶子的路途中耗尽积蓄，最后只剩下一大把年纪。

他们依旧在第一片叶子黄落时，聚集在树下赌博。

"下一阵风会吹落树上的哪片叶子。"

直到最后一片叶子被风吹落。他们依旧坐在光光的树干下。

"吹落的叶子会飘到哪个村庄哪片荒野。"

他们几乎赌完每一片叶子的去向，他们都追赶一片飘落的叶子走遍了整个大地，知道大风刮过的那些河流、村庄和荒野的名字。用不着挪动脚步，叶子会飘向哪里他们都能说得清清楚楚。

在他们无休的争吵里，叶子飘过荒野或坠落村庄。叶子几乎到达他们能想象到的所有地方。然后，是他们想象不到的无边大地，叶子在那里悬浮，犹豫。往往在他们想象的尽头，季节轮转，相反的一场风刮过来，那些叶子踏上回返之途。

冯四

很多年，我注意着冯四这个人。

我没有多少要干的事。除了比较细微地观察牲口，我也留意活在身边的一些人，听他们说话、吵架，谈论收成和女人，偶尔不冷不热地插上两句。从这些不同年龄的人身上，我能清楚地看到我活到这些年龄时会有多大意思。一个人一出世，他的全部未来便明明白白摆在村里。当你十五岁或二十岁的时候，那些三十岁、五十岁、七十岁的人便展示了你的全部未来。而当你八十岁时，那些四十岁、二十岁、十岁的人们又演绎着你的全部过去。你不可能活出另一种样子——比他们更好或更差劲。活得再潦倒也不过如冯四，家徒四壁，光棍一世，做了一辈子庄稼人没给自己留下种子。再显贵也不过如马村长，深宅大院、牛羊马成群，走在村里昂首挺胸，老远就有人奔过去和他打招呼。我十四岁时羡慕过住在村头的马贵，每天早晨，我看着他乐颠颠地伴着新娘下地干活，晚上一块儿回到家里吃饭睡觉。那段时间，我常想，能活到马贵这份上，夜夜搂着新娘睡觉真是美死了。不到三十岁我便有了一个比马贵的新娘要娇艳十倍百倍的新娘子。从那以后我就谁都不羡慕了。我觉得在这个村里，活得跟谁一样都是不坏的一

我的孤独在人群中

生。一个人投生到黄沙梁，生活几十年，最后死掉。这是多么简单纯粹的一生。难道还会有比这更适合的活法？

有一天我活得不像这个村里人时，我肯定已变成另一种动物。多少年我对村人的仔细观察是学习也是用心思索。我生怕一生中活漏掉几大段岁月，比如有一个好年成他们赶上了，而我因一件鸡毛蒜皮的小事出了远门，或者在我的生活中忽视了像挖鼻孔、翻眼睛、撇嘴这样有意思的小动作。这样我的一生就不完整了，丢三落四。许多干了大事业的人，临终前都遗憾地发现他们竟没干过或没干成一两样平常小事。接近平凡更需要漫长一生的不懈努力。像我，更多时候，也只能隔着一条路、一块长满荒草的地或几头牛这样的距离与村人相处。我想看清全部，又绝不能让村里人觉出我在偷窥他们的一辈子。

一个人的一辈子完了就完了。作为邻居、亲人和同乡，我们会在心中留下几个难忘的黑白镜头，偶尔放映给自己和别人。一个人一死，他真真实实的一生便成为故事。

而一村庄人的一生结束后，一个完整的时代便过去了。除了村外新添的那片坟墓，年复一年提示着一段历史。几头老牲口，带着先人使唤时养就的毛病，遭后人鞭骂时依稀浮想昔年盛景。在活着的人眼中，一个村庄的一百年，也就是草木枯荣一百次、地耕翻一百次、庄稼收获一百次这样简单。

其实人的一生也像一株庄稼，熟透了也就死了。一代又一代人熟透在时间里，浩浩荡荡，无边无际。谁是最后的收获者呢？

谁目睹了生命的大荒芜——这个孤独的收获者，在时间深处的无边金黄中，农夫一样，挥舞着镰刀。

这个农夫肯定不是我。我只是黄沙梁村的一个人，我甚至不能把冯四和身边这一村人的一生从头看到尾，我也仅有一辈子，冯四的戏唱完时，我的一生也快完蛋了，谁也带不走谁的秘密。冯四和我迟早都是这片旷野上的一把尘土。生时在村里走走跑跑叫叫，死了被人抬出去，埋在沙梁上。多少年后又变成尘土被风刮进村里，落在房顶、树梢、草垛上，也落在谁的饭锅饭碗里，成为佐料和食物。

由此看来，我对冯四长达一生的观察可能毫无意义。

这天早晨，冯四扛一把锨出去翻地，他想好了去翻一块地，种些玉米什么的。这样到了秋天他就有事可干，别人成车往家里收粮食时，他也会赶一辆车出去，好赖拉回些东西。多少个秋天他只是个旁观者，手揣在袖筒里，看别人丰收，远远地闻点谷香。

没人知道冯四这些年靠什么维持生活，他家的烟囱从没冒过一缕烟，也从没见他为油盐酱醋这档子事忙碌。他的那几亩地总是荒荒地夹在其他人家郁郁葱葱的麦田中间，就像他穷困的一辈子夹在村人们富富裕裕的一辈子中间——长长的一溜儿。有时邻家的男人撒种，不小心撒几粒落在他的田里，也跟着长熟了。只是冯四不种地也从不知道他的地里每年都稀稀地长着几株野庄稼。经常出门在外的冯四，似乎从来也没走出黄沙梁，按说像他这样无儿无女、无牵无挂的人，应该四处漂泊了，可他硬是死守着黄沙梁不放，他在依恋什么呢。记得冯四唯一关心的一件事是——每隔一两年，就去找村长问问户口册上有没有他的名字。他好像很在乎自己是不是黄沙梁人。只要看见自己的名字还笔画完好地趴在那个破户籍本上，他就活得放心了。也有过一段日子冯四忽然不见了，像蛇一样冬眠了，没人清楚他死了还是活到别处去了。好像冯四有意跟村里人玩"捉迷藏"游戏，他藏好一个地方，期待人们去找他，先是藏得很深很隐秘，怕人们找不到又故意露点马脚。可是谁有空理他呢。这是一村庄大人，人人忙着自己的事。冯四藏得没趣有一天便忽然从一堵墙后面钻出来，悻悻地穿过村中间那条马路。其实，我想冯四压根不会跟谁玩游戏，他是个认真的人，尽管从没认真地做过什么事。

冯四一回到他那间又破又低矮的土屋，我便只能望着屋顶上那尊又粗又高的烟囱发愣：它多像一门大炮啊，一年又一年地瞄准着天空深处某个巨大的目标，静静地瞄着，一炮不发。这使冯四的夜生活显得异常神秘难测，他没有女人，他跟自己睡觉也能一夜一夜地睡到天亮。有几个晚上我溜到窗根也没听到什么，屋子里一片死寂，不知冯四正面朝一生中的哪几件事昏昏而睡或黑黑地醒着。

在我偷窥冯四时，肯定有很多双眼睛已暗暗观察了我很多年。每一个来到村里的人，都理所当然会受到怀疑，无论新出生的还是半道来的，弄清楚你是个什么东西人们才会放心地和你生活在一个村里，这是很正常的事。况且，一个人要使自己活得真实，就难免不把别人的一生当一场戏。

扛镢去翻地的冯四，出门不久遇到了张五，张五的上半辈子是在别处度过的，在冯四眼中他只有下半辈子。和这种人交往，冯四总觉得不踏实。在张五戈壁滩一样茫茫的一辈子里，他只看见稀疏的三五棵树。"看不见的岁月是可怕的。"冯四总担心会不小心陷进别人的一生里，再浮不出来。

张五正牵着五头驴，要卖到别处去。

"让驴换个地方生活，长长见识。"张五认真地说。

"驴吃惯了黄沙梁的草，到别处怕过不惯呢。"冯四说。

"没事。驴到哪都是拉车，往哪拉都一样用力。"

"不一样的。有些地方路平，有些地方路难走，驴要花好几年才能适应。"

说话时冯四注意到一头黑母驴的水门亮汪汪的，凭经验他一眼断定这是头正在发情期的年轻母驴，再看另四头，也都年纪轻轻，毛色油亮而美丽，不用往裆里乜也清楚都是母驴。一下子卖掉五头母驴，对黄沙梁村将是多大的损失。五头驴所干的活将从此分摊到一村人身上，也可能独独落到某几个人头上。他们将接过驴做剩的事儿，辛辛苦苦，没日没夜忙碌下去——像驴一样。尤其一下子卖掉五头母驴，在本来就缺少母驴的黄沙梁，这种损失更难预计。作为男人，冯四首先为黄沙梁的公驴们想到以后的

我的孤独在人群中

日子。没当过光棍的人不会想到这些事。冯四不知道驴为了什么理想和目标在活一辈子。凭他多年的观察，一头公驴若在发情期不爬几次母驴，整个一年都会精神不振，好像生活一下子变得没意思，再好的草料咀嚼着也无味了，脾气变得很坏，故意把车拉到沟里弄翻，天黑也不进圈，有时还气昂昂地举着它那警棍一般粗黑的家伙吓唬人。似乎它没爬上母驴全都怪人。而冯四光棍一辈子没娶上女人这又怪谁呢。怪驴。怪娶走女人的男人。我猜想有几个季节冯四真的羡慕过驴呢，甚至渴望自己立马变成一头公驴，把积攒多年的激情挨个地发泄给村里的母驴。我们筋疲力尽或年迈无力时希望自己是一头牛或者驴，轻轻松松干完眼前的大堆活计。有些年月我们也只有变成牲口，才能勉强过下去那不是人过的日子。这便是村人们简单而又复杂的一辈子。由此可以推想，冯四替驴操心时也更多地为自己着想。现在他决意要留住这五头母驴。黄沙梁若没有了母驴，做个公驴还有多大乐趣。他想。

"张五，我知道有个地方要母驴，那个村子里全是公驴，一头母驴也没有。一到晚上，公驴整夜地叫唤，已经好几年了，害得村里人睡不好觉。起先大家都以为鬼在作怪，最近一个细心人（也是光棍）才发现了根本缘由——没有母驴，公驴急得慌。这阵子村里人到处打问着买母驴，我有个熟人，就在这村里，前天他还托我给找几头母驴，这不，碰到了你，这几头母驴赶过去，肯定卖大价呢。"

"真有这好事，在哪个村子。"

"别问那么多，跟我走就是了。"

他们的身影绕过三间房子，朝西边的沙梁上走去，一会儿就看不见了。

很多年来我怀着十分矛盾的心理生活在黄沙梁，我不是十足的农夫，种地对我来说肯定不是一辈子的事，或者三年五载，或者十年二十年，迟早我会扔掉这把锄子。但我又必须守着这一村人种完一辈子的地。我要看最后的收成——一村庄人一生的盈利和亏损。我投生到僻远荒凉的黄沙梁，来得如此匆忙，就是为了从头到尾看完一村人漫长一生的寂寞演出。我是唯一的旁观者，我坐在更荒远处。和那些偶尔路过村庄，看到几个生活场景便激动不已、大肆抒怀的人相比，我看到的是一大段岁月。我的眼睛和那些朝路的窗户、破墙洞、老树窟一起，一动不动，注视着一百年后还会发生的永恒事情：夕阳下收工的人群、敲门声、尘土中归来的马匹和牛羊……无论人和事物，都很难逃脱这种注视。在注视中新的东西在不断地长大、觉悟，过不了几年，某堵墙某棵树上又会睁开一只看人世的眼睛。

天快黑时，冯四、张五和五头驴蹄印跟脚印进了村子。走出去这么多，还回来这么多，对黄沙梁来说，这一天没有什么损失。冯四编了个故事，整个一天张五和五头驴都在他的故事中，他们朝一个不存在的村庄，或者一个真实的但不需要母驴的村庄走。

我的孤独在人群中

路是真实的，阳光实实在在照在人脸和驴背上，几座难翻的沙梁和几个难过的泥沟确实耗费了人的精力，并留下难忘的记忆。但此行的目的是虚无的，或者根本没有目的。当冯四意识到张五和五头驴的一天将因此虚度，自己的一天也猛然显得不真实。他同样搭上了整个一天的工夫。他编了一个故事，自己却不能置身于故事之外，就像有收成无收成的人一同进入秋季，忙人和闲人在村里过着一样长短的日子。时间一过，可能一切都变得毫无意义。

冯四的一天就这么过去了。天黑之后，冯四把扛了一天的锨原放回屋角。在这个小小农舍里，光线黑暗，不管冯四在与不在，地上的木桌永远踱着方步朝某个方向走着，挂在墙上的镰刀永远在收割着一个秋天的麦子，倒挂在屋顶的锄头永远锄着一块禾田里的杂草，斜立屋角的铁锨永远挖着一个黑暗深邃的大坑……这是看不见的劳动。我们能看见的仅仅是：锨刃一天天变薄变短了，木把一年年变细。仿佛什么东西没完没了地经过这些闲置不动的农具，造成磨砺和损失。

在黄沙梁，稍细心点便会看到这样两种情景：过日子的人忙忙碌碌度过一日——天黑了。慵懒的人悠悠闲闲，日子经过他们——天黑了。天从不为哪个人单独黑一次，亮一次。冯四的一天过去后，村里人的一天也过去了。谁知道谁过得更实在些呢。反正，多少个这样的一天过去后，冯四的一辈子就完了。黄沙梁再没有冯四这个人了。他撇下朝夕相处的一村人走了。我们埋掉他，嘴里念叨着他的好处，我们都把死亡看成一件美事，我们活着是因为还没有资格去死。

在世上走了一圈啥也没干成的冯四，并没受到责怪，作为一个生命，他完成了一生。与一生这个漫长宏大的工程相比，任何事业都显得渺小而无意义。我们太弱小，所以才想干出些大事业来抵挡岁月，一年年地种庄稼、耕地，难道真因为饥饿吗？饥饿是什么？我们不扛一把锨势必要扛一把刀、一杆枪或一支笔，我们手中总要拿一件东西——叫工具也好、武器也好。身体总要摆出一种姿势——叫劳动、竞争或打斗。每当这个时候，我便惊愕地发现，我们正和冥冥中的一种势力较着劲。这一锄砍下去，不仅仅是砍断几株杂草，这一锨也不仅仅翻动了一块黄土。我们的一辈子就这样被收拾掉了。对手是谁呢。

冯四是赤手空拳对付了一生的人。当浩大漫长的一生迎面而来时，他也慌张过，浮躁过。但他最终平静下来，在荒凉的沙梁旁盖了间矮土屋，一天一天地迎来一生中的所有日子，又一个个打发走。

现在他走了，走得不远，偶尔还听到些他的消息。我迟早也走。我没有多少要干的事。除了观察活着的人，看看仍旧撒欢的牲口。迟早我也会撂荒一块地，住空一幢房子，惹哭几个亲人。我和冯四一样，完成着一辈子。冯四先完工了。我一辈子的一堵墙，还没垒好，透着阳光和风。

韩老二的死

"你们都活得好好的，让我一个人死。我害怕。"

屋子里站着许多人，大多是韩老二的儿女和亲戚。我揉了揉眼睛，才看清躺在炕上的韩老二，只看见半边脸和头顶。他们围着他，脖子长长的伸到脸上望着他。

"好多人都死了，他二叔，他们在等你呢。死不是你一个人的事情。我们迟早也会死。"

说话的人是冯三。谁家死人前都叫他去。他能说通那些不愿死的人痛痛快快去死。

"……韩富贵、马大、张铁匠都死掉了。他二叔，你想通点，先走一步，给后面的人领个路。我们跟着你，少则一二十年，多则四五十年，现在活着的一村庄人，都会跟着你去。"

天暗得很快。我来时还亮亮的，虽然没看见太阳，但我知道它在那个墙后悬着，只要跳个蹦子我就能看见。

母亲塞给我一包衣服让我赶快送到韩老二家去。早晨他老婆拿来一卷黑布，说韩老二不行了，让母亲帮忙赶缝一套老衣。那布比我们家黑鸡还黑，人要穿上这么黑一套衣服，就是彻头彻尾的黑夜了。

　　进门时我看见漆成大红的棺材摆在院子，用两个条凳撑着，像一辆等待客人的车。他们接过我拿来的老衣，进到另一个房子，像是怕让老人看见。人都轻手轻脚走动，像飘浮在空气里。

　　"都躺倒五天了，不肯闭眼。"一个女人小声地说了一句。我转过头，屋里暗得看不清人脸，却没人点灯。

　　"冯三，你打发走了那么多人，你说实话，都把他们打发到哪去了。"我正要出去，又听见韩老二有气无力的说话声。

　　"他们都在天上等你呢，他二叔。"

　　"天那么大，我到哪去找他们。他们到哪找我。"

　　"到了天上你便全知道了。你要放下心，先去的人，早在天上盖好了房子，你没见过的房子，能盛下所有人的房子。"

　　"我咋不相信呢，冯三。要有，按说我应该能看见了。我都迈进去一只脚了，昨天下午，也是这个光景，我觉得就要走进去了。我探进头里面黑黑的，咋没你们说的那些东西，我又赶紧缩头回来了。"

　　"那是一个过道，他二叔，你并没有真正进去。你闭眼那一瞬看见的，是一片阳间的黑，它会妨碍你一会儿，你要挺住。"

　　"我一直在挺住，不让自己进去。我知道挺不了多大一会儿。忙乎了一辈子，现在要死了，才知道没准备好。"

　　"这不用准备，他二叔，走的时候，路就出现了。宽展展的路，等着你走呢。"

　　我看见韩老二的头动了一下，朝一边偏过去，像要摇头，却没摇过来。

"都先忍着点，已经闭眼了。"冯三压低嗓子说，"等眼睛闭瓷实了再哭，别把上路的人再哭喊回来。"

外面全黑了。屋子里突然响起一片哭喊声。我出来的那一刻，感觉听到了人断气的声音，像一个叹息，一直地坠了下去，再没回来。

人全拥进屋子，院子里剩下我和那口棺材。路上也看不见人影。我想等一个向南走的人，跟在他后面回去。我不敢一个人上路，害怕碰见韩二叔。听说刚死掉的人，魂都在村子里到处乱转，一时半刻找不到上天的路。

我站了好一阵，看见一个黑影过来。听见四只脚走动，以为是两个人，近了发现是一头驴，韩三家的。我随在它后面往回走，走了一会儿，觉得后面有人跟着我，又不敢回头看，我紧走几步，想超到驴前面，驴却一阵小跑，离开了路，钻进那片满是骆驼刺的荒地。

我突然觉得路上空了。后面的脚步声也消失了，路宽展展的，我的脚在慌忙的奔跑中渐渐地离开了地。

"你闭着眼走吧，他二叔。该走的时候，老的也走呢，小的也走呢。"

"黄泉路上无老少啊，他二叔。我们跟着你。"

冯三举一根裹着白纸的高杆子，站在棺材前，他的任务是将死人的鬼魂引到墓地。天还灰蒙蒙的，太阳出来前必须走出村子，不然鬼魂会留在村里，闹得人畜不宁。鬼魂不会闲待在空气中，他要找一个身体做寄主，或者是人，或者是牲畜。鬼魂缠住谁，谁就会发疯、犯病。这时候，冯三就会拿一根发红的桃木棍去震邪捉鬼。鬼魂都是晚上踩着夜色升天下地，天一亮，天和地就分开了。

双扇的院门打开了，他二叔。

儿孙亲戚全齐了，村里邻里都来了。

我们抬起你，这就上路。

冯三抑扬顿挫的吟诵像一首诗，我仿佛看见鬼魂顺着他的吟诵声一直上到天上去。我前走了几步，后面全是哭声。冯三要一直诵下去，我都会跟着那个声音飘去，不管天上地下。

把路让开啊，拉麦子的车。

拉粪的车，拉柴禾和盐的车。

一个人要过去。

送丧队伍经过谁家，谁家会出来一个人，随进人群里。队伍越走越长。

……和你打过架的王七在目送你呢，他二叔。

跟你好过的兰花婶背着墙根哭呢，他二叔。

拴在桩上的牛在望你呢，他二叔。

鸡站在墙角看你呢，他二叔。

你走到了阴凉处了，一棵树、两棵树、三棵树……排着长队送你呢。

你不会在棺材里偷着笑吧。

我们没死过，不知道死是咋回事。

你是长辈啊，我们跟着你。

走一趟我们就学会了，不管生还是死。

你的头已经出村了，他二叔。

你的脚正经过最后一户人家的房子。

我们喘口气换个肩膀再抬你，他二叔。

炊烟升起来了，那是上天的梯子。

你要趁着最早最有劲的那股子烟上去啊，他二叔。

冬衣夏衣都给你穿上了。

欠的债都还清了。

借出去的钱也都要回来了。

这里已经没你的事了。没你的事了，他二叔。

早去的人都在上面等你呢，赶紧上去，赶紧上去啊，他二叔。

已经没有路了，人群往坡上移动，灰蒿子正开着花，铃铛刺到了秋天才会丁零零摇响种子，几朵小兰花贴着地开着，我们就要走过，已经看见坡顶上的人，他们挖好坑在一边的土堆上坐着。

　　他们说你升天了，韩老二，他们骗你呢。你被放进一个坑里埋掉了。几年后我经过韩老二的坟墓，坐在一旁休息，我自言自语说了一句。

　　我说这句话时，突然感觉像是被谁听到了，我浑身一怵，四下里望，坡上满是坟堆，一条土路荒凉地通向坡下面的村子。

　　我起身往斜坡下的村子走，走了一阵听见后面有脚步声，是一个人的，我不敢回头，不由得加快脚步，我一走快，后面的脚步声便多起来，像有好多人跟着我，我步子急，后面的步子也急。

　　我猛地回头，什么都没有，一条土路荒凉地通向坡顶的坟地。天空晴朗朗的，那里似有缕缕熟悉的目光望下来，被我接住。

　　我知道刚才听见的，只是自己脚步的回声。我叹了口气，我的叹息也从坡顶回声过来，像是久已不在人世的另一个人的。

　　那韩老二的回声呢，他说了那么多话，走了那么多的路，他的回声哪去了。埋了一地的那些人的回声呢。这样想时我又觉得身后的脚步声不是我的，我加快了步子，不敢再回头。村头眼看到了，送韩老二出村时的情景又浮现在眼前。我紧赶几步，到了有人畜走动的村路中间，一下不害怕了，我回过头，后面只有几个村人的身影，寂静地走动着，没有声音也没有回声。我突然又害怕起来，觉得他们像是刚才跟我一起进村了的那些声音的寂静回声。

村庄的劲

一个村庄要是乏掉了，好些年缓不过来。首先庄稼没劲长了，因为鸡没劲叫鸣，就叫不醒人，一觉睡到半晌午。草狂长，把庄稼吃掉。人醒来也没用，无精打采，影子皱巴巴拖在地上。人连自己的影子都拖不展。牛拉空车也大喘粗气。一头一头的牛陷在多年前的一个泥潭。

这个泥潭现在干涸了。它先是把牛整乏，牛的活全压到人身上，又把人整乏。一个村庄就这样乏掉了。

牛在被整乏的第二年，还相信自己能缓过劲来。牛像渴望青草一样渴望明年。牛真憨，总以为明年是一个可以摆脱去年今年的远地，低着头，使劲跑。可是，第三年牛就知道那个泥潭的厉害了，不管它走哪条路，拉哪架车，车上装草还是沙土，它的腿永远在那片以往的泥潭中，拔不出来。

刘二爷说，牛得死掉好几茬，才能填平那个泥潭。这个泥潭的最底层，得垫上他自己和正使唤的这一茬牲畜的骨头。第二层是他儿子和还未出生那一茬牲畜的骨头。数百年后，曾深陷过我们的大坑将变成一座高山。它同样会整乏那时的人。

过去是一座越积越高，最后无论我们费多大劲都无法翻过的大山。我们在未来遇见的，全是自己的过去。它最终挡住我们。

王四当村长那年，动员全村人在玛纳斯河上压坝，把水聚起来浇地。这事得全村人上阵，少一个人都无法完成。仅压坝用料——红柳条一千四百二十捆，木桩八百九十根，抬把子八百个，铁锹、坎土曼各三百把，绳子五百根（每根长四米），就够全村人准备两年。

王五爷出来说话了。

王五爷说，不能把一个村庄的劲全用完。

再大的事也不能把全村人牵扯进去，也不能把牲口全牵扯进去。

有些人的劲是留给明年、后年用的。有些人，白吃几十年饭，啥也不干。不能小看这种人。他干的事我们看不清，多少年后我们才有可能知道他在往哪用劲。

确实这样，一个没有劲的村庄里，真有一两个有劲的人，在人们风风火火干大事的年代，这个人垂头丧气，无所事事。他把劲攒下了。

现在，所有人都疲乏得抬不起头时，这个人的腰突然挺直了，他的劲一下子派上用途。那些没劲的人扔在路边的木头，没力气收回的粮食，都被这个有劲的人弄了回来，他空荡多年的院子顷刻间堆满东西。

　　这个人是谁我就不说了，他没有名字。

　　因为他从不跟村里人一块干事情，就没人叫过他名字。他等这一天肯定等了好多年，别人去北沙漠拉柴火，到西戈壁砍胡杨树，他躺在路边的土堆上，像个累坏的人，连眼睛都没力气睁大。有柴禾、木头的地方越来越少，那些人就越走越远，在几十里几百里外砍倒大树，扔掉枝丫，把粗直的干锯成木头装上车。在千里外弄到磨盘或铁钻子。这些好东西一天天朝村庄走近，人马一天天耗掉力气。那些路有多远谁也说不清楚。即使短短一截路，长年累月，反反复复地跑，也跑成了远路。那些负载重物的人马，有些就在离村子不远处，人累折腰，牲口跑断腿，车散架，满载的东西扔到一边。离村庄不远的路上，扔着好多好东西，人们没力气要它了。

　　有些弄到门口的大东西，比如大木梁，也没劲担到墙壁，任其在太阳下干裂，朽掉。

　　村子里看见最多的是没封顶的房子，可以看出动工前人的雄心，厚实的墙基，宽大的院子，坚固的墙壁，到了顶上却只胡乱搭个草棚，或干脆朝天敞着。人在干许多事情前都没细想过自己的寿命和力气。有些事情只是属于某一代人，跟下一辈人没关系。尽管一辈人的劲用完了，下一辈人的劲又攒足了。但上辈人没搬动的一块石头，下辈人可能不会接着去搬它。他们有自己的事。

　　一个村庄某一些年朝哪个方向哪些事上用劲，从村庄的架势可以看出来。从路的方向和路上的尘土可以看出来，从人鞋底上的泥土一样能看出来。

有一些年西边的地荒掉了，朝西走的路上长满草，人被东边的河湾地吸引，种啥成啥，连新盖的房子都门朝东开。村里的地面变成褐黄色，因为人的鞋底和牲口的蹄子，从河湾带回太多的褐黄泥土。又过了几年，人们撂荒东边的地，因为常年浇灌含碱的河水让地变成碱滩，北沙漠的荒滩又成了人挥锨舞锄的好场所。村里的地面也随之变成银灰的沙子色。

并不是把村里所有人和牲口的劲全加起来，就是村庄的劲。如果两个村庄打一架，也不能证明打赢的那个村子就一定劲大。一个村庄的劲有时蓄在一棵树上，在一地节关粗壮的苞谷秆上，还有可能在一颗硕大的土豆上。

村庄每时每刻都在使劲。鸟的翅膀、炊烟、树、人的头发和喊叫，这些在向上用劲，而根、房基、死人、人的年龄都往下沉。朝各个方向伸出去的路，都只会把村庄固定在原地。

一个人要找到自己的劲，就有奔头了，村庄也这样。光狠劲吃粮食不行。

干点错事

我年轻的时候犯过很多错误，现在想想，很多错都不能全怪我。那时候整个一村庄人都很年轻，村里村外的树也都不高，家畜也都不老。人也好，牲口也好，都常有做错事、走错路、吃错草的时候。尤其人，犯错的欲望似乎比干正事的欲望还要强，往往是有意无意间就把错事干下了，而正经事正儿八经去干也未必干成。

有一年春天，我牵一头牛从村东边出去，我大声吆喝着牲口，穿过村中间那条溏土很深的马路。我想用这种方式告诉村里人：我要出门了。不然日子久了不见我，村里人会认为我死了，拆我的房子分我的地，这种事都有可能做出来。我在牛背上搭了两条麻袋，满脸喜气地赶着牛，尽量不让村里人觉出我是去逃荒的，而让他们感到我很快就会驮两麻袋金子回来。这样村里人就会惦念着我，等待着我。

事实上那年春天我是去村东边一个叫沙门子的村庄讨麦种子。我隐约记得上辈人说过，沙门子有一门本姓亲戚，一直都没想起名字。这当儿突然就记起来了，叫刘扁。啥辈分还弄不清楚。

到时候试着叫吧，先从顶大的太爷叫起，反正去求人，矮半截子。做小好说话嘛。谁叫我不算计着过日子呢。上一年我本来收成不错，粗细粮打了十几麻袋，照往年的习惯，先留够种子，剩下的才是口粮。种子是死活不能吃的。

仅因多打了点粮食，我就癫狂了。错误地认为粮食是吃不完的。吃剩的做种子也足够了。没料到吃着吃着口袋就见底了。到了春天没种子的滋味你是体会不到的。

干了错事的人，总想通过另一件错事补回损失。这样下去只会错上加错，一次次把错垛得跟草垛似的高高显显。直到有一天，这些错突然全变成了对，这个人便大丰收了。

我干的错事多半都是这种结果。这一次也不例外。

几个月后，村里人看见我两手空空从村西边回来，满脸尘垢，一身破衣。

"这家伙把牛卖了。"

"往后他只有使唤自己了。"

我听见村里人议论我，一下子来了精神。我干了件天大的错事：把牛丢了。可村里人却都认为我把牛卖了。你看，活在这个村庄多有意思，人人都犯错误。而且全村人为我犯同一个错误。这个错误就我一个人清楚，我不会指出来的，他们认定我把牛卖了，必然相信我的腰里揣满了钱，就会把我当成富人，很放心地给我借东西、借钱。

这个错误让我暗自高兴了大半辈子。直到现在还时常得意地想起它。一个人做点错事并不难，难的是一辈子做错事不做正事。若真能将错就错地过一辈子，也是不错的一生呢。谁有权力去剥夺别人犯错误的权利呢。尤其是一村庄人都陷入错中的时候，你也只能坐在一边悄悄地看着。

那年村里人在一位姓胡的村长带领下，修一条穿越戈壁长达百公里的引水渠。他们想把一片海子里的水引来浇地。大渠经过全村劳力近两年的日夜挖掘终于竣工时，那片海子却干涸了，沿渠滚滚而来的是黄沙和尘土。这个结局我早料到了，但我没说，反正也没人听我的。我那时还不是村长，不能凭自己的意志改变别人。况且，整个一村庄人都还年轻，他们不去干这件错事还会去干另一件，那是个犯错误的好年代，谁不想乘机犯点错误呢。

我明知道这个村庄需要一个像我这样聪明的人出来治理，可我就是迟迟不出来。眼看着几个笨蛋在村里折腾，就由他们折腾吧。聪明人和笨蛋都在过一辈子，何必干涉人家呢。我们让聪明人尽显其聪明才智时，也应该给笨蛋创造一个环境，让他们尽展自己的笨和愚蠢。这样才公平。

风把人刮歪

刮了一夜大风。我在半夜被风喊醒。风在草棚和麦垛上发出恐怖的怪叫，像女人不舒畅的哭喊。这些突兀地出现在荒野中的草棚麦垛，绊住了风的腿，扯住了风的衣裳，缠住了风的头发，让她追不上前面的风。她撕扯，哭喊，喊得满天地都是风声。

我把头伸出草棚，黑暗中隐约有几件东西在地上滚动，滚得极快，一晃就不见了。是风把麦捆刮走了。我不清楚刮走了多少，也只能看着它们刮走。我比一捆麦子大不了多少，一出去可能就找不见自己了。风朝着村子那边刮。如果风不在中途拐弯，一捆一捆的麦子会在风中跑回村子。明早村人醒来，看见一捆捆麦子躲在墙根，像回来的家畜一样。

每年都有几场大风经过村庄。风把人刮歪，又把歪长的树刮直。风从不同方向来，人和草木，往哪边斜不由自主。能做到的只是在每一场风后，把自己扶直。一棵树在各种各样的风中变得扭曲，古里古怪。你几乎可以看出它沧桑躯干上的哪个弯是南风吹的，哪个拐是北风刮的。但它最终高大粗壮地立在土地上，无论南风北风都无力动摇它。

我的孤独在人群中

　　我们村边就有几棵这样的大树，村里也有几个这样的人。我太年轻，根扎得不深，躯干也不结实，担心自己会被一场大风刮跑，像一棵草一片树叶，随风千里，飘落到一个陌生地方。也不管你喜不喜欢，愿不愿意，风把你一扔就不见了。你没地方去找风的麻烦，刮风的时候满世界都是风，风一停就只剩下空气。天空若无其事，大地也像什么都没发生。只有你的命运被改变了，莫名其妙地落在另一个地方。你只好等另一场相反的风把自己刮回去。可能一等多年，再没有一场能刮起你的大风。你在等待飞翔的时间里不情愿地长大，变得沉重无比。

　　去年，我在一场东风中，看见很久以前从我们家榆树上刮走的一片树叶，又从远处刮回来。它在空中翻了几个跟头，摇摇晃晃地落到窗台上。那场风刚好在我们村里停住，像是猛然刹住了车。许多东西从天上往下掉，有纸片——写字的和没写字的纸片、布条、头发和毛，更多的是树叶。我在纷纷下落的东西中认出了我们家榆树上的一片树叶。我赶忙抓住它，平放在手中。这片叶的边缘已有几处损伤，原先背阴的一面被晒得有些发白——它在什么地方经受了什么样的阳光。另一面粘着些褐黄的黏土。我不知道它被刮了多远又被另一场风刮回来，一路上经过了多少地方，这些地方都是我从没去过的。它飘回来了，这是极少数的一片叶子。

　　风是空气在跑。一场风一过，一个地方原有的空气便跑光了，有些气味再闻不到，有些东西再看不到——昨天弥漫村巷的谁家炒菜的肉香。昨晚被一个人独享的女人的体香。下午晾在树上忘收的一块布。早上放在窗台上写着几句话的一张纸。风把一个村庄酝酿许久的、被一村人吸进呼出弄出特殊味道的一窝子空气，整个地搬运到百里千里外的另一个地方。

每一场风后，都会有几朵我们不认识的云，停留在村庄上头，模样怪怪的，颜色生生的，弄不清啥意思。短期内如果没风，这几朵云就会一动不动赖在头顶，不管我们喜不喜欢。我们看顺眼的云，在风中跑得一朵都找不见。

风一过，人忙起来，很少有空看天。偶尔看几眼，也能看顺眼，把它认成我们村的云，天热了盼它遮遮阳，地旱了盼它下点雨。地果真就旱了，一两个月没水，庄稼一片片蔫了。头顶的几朵云，在村人苦苦的期盼中果真有了些雨意，颜色由雪白变铅灰再变墨黑。眼看要降雨了，突然一阵北风，这些饱含雨水的云跌跌撞撞，飞速地离开村庄，在荒无人烟的南梁上，哗啦啦下了一夜雨。

我们望着头顶腾空的晴朗天空，骂着那些养不乖的野云。第二天全村人开会，做了一个严厉的决定：以后不管南来北往的云，一律不让它在我们村庄上头停，让云远远滚蛋。我们不再指望天上的水，我们要挖一条穿越戈壁的长渠。

那一年村长是胡木，我太年轻，整日缩着头，等待机会来临。

各种各样的风经过了村庄。屋顶上的土吹光几次，住在房子里的人也记不清楚。无论南墙北墙东墙西墙都被风吹旧，也都似乎为一户户的村人挡住了南来北往的风。有些人不见了，更多的人留下来。什么留住了他们。

我的孤独在人群中

什么留住了我。

什么留住了风中的麦垛。

如果所有粮食在风中跑光，所有的村人，会不会在风停之后远走他乡，留一座空荡荡的村庄。

早晨我看见被风刮跑的麦捆，在半里外，被几棵铃铛刺拦住。

这些一墩一墩长在地边上的铃铛刺，多少次挡住我们的路，挂烂手和衣服，也曾多少次被我们的镢头连根挖除，堆在一起一把火烧掉。可是第二年它们又出现在那里。

我们不清楚铃铛刺长在大地上有啥用处。它浑身的小小尖刺，让企图吃它的嘴、折它的手和践它的蹄远离之后，就闲闲地端扎着，刺天空，刺云，刺空气和风。现在它抱住了我们的麦捆，没让它们在风中跑远。我第一次对铃铛刺深怀感激。

也许我们周围的许多东西，都是我们生活的一部分，生命的一部分，关键时刻挽留住我们。一株草，一棵树，一片云，一只小虫……它替匆忙的我们在土中扎根，在空中驻足，在风中浅唱……

任何一株草的死亡都是人的死亡。

任何一棵树的夭折都是人的夭折。

任何一只虫的鸣叫也是人的鸣叫。

逃跑的马

我跟马没有长久贴身的接触，甚至没有骑马从一个村庄到另一个村庄这样简单的经历。顶多是牵一头驴穿过浩浩荡荡的马群，或者坐在牛背上，看骑马人从身边飞驰而过，扬起一片尘土。

我没有太要紧的事，不需要快马加鞭去办理。牛和驴的性情刚好适合我——慢悠悠的。那时要紧的事远未来到我的一生里，我也不着急。要去的地方永远不动地待在那里，不会因为我晚到几天或几年而消失。要做的事情早几天晚几天去做都一回事，甚至不做也没什么。我还处在人生的闲散时期，许多事情还没迫在眉睫。也许有些活我晚到几步被别人干掉了，正好省得我动手。有些东西我迟来一会儿便不属于我了，我也不在乎。许多年之后你再看，骑快马飞奔的人和坐在牛背上慢悠悠赶路的人，一样老态龙钟回到村庄里，他们衰老的速度是一样的。时间才不管谁跑得多快多慢呢。

但马的身影一直浮游在我身旁，马蹄声常年在村里村外的土路上踏响，我不能回避它们。甚至天真地想，马跑得那么快，一定先我到达了一些地方。骑马人一定把我今后的去处早早游荡了一遍。因为不骑马，我一生的路上必定印满先行的马蹄印儿，撒满金黄的马粪蛋儿。

直到后来，我徒步追上并超过许多匹马之后，才打消了这种想法——曾经从我身边飞驰而过扬起一片尘土的那些马，最终都没有比我走得更远。在我还继续前行的时候，它们已变成一架架骨头堆在路边。只是骑手跑掉了。在马的骨架旁，除了干枯的像骨头一样的胡杨树干，我没找到骑手的半根骨头。骑手总会想办法埋掉自己，无论深埋黄土还是远埋在草莽和人群中。

在远离村庄的路上，我时常会遇到一堆一堆的马骨。马到底碰到了怎样沉重的事情，使它如此强健的躯体承受不了，如此快捷有力的四蹄逃脱不了。这些高大健壮的生命在我们身边倒下，留下堆堆白骨。我们这些矮小的生命还活着，我们能走多远。

我相信累死一匹马的，不是骑手，不是常年的奔波和劳累，对马的一生来说，这些东西微不足道。

马肯定有它自己的事情。

马来到世上，肯定不仅仅是给人拉车当坐骑。

村里的韩三告诉我，一次他赶着马车去沙门子，给一个亲戚送麦种子。半路上马车陷进泥潭，死活拉不出来，他只好回去找人借牲口帮忙。可是，等他带着人马赶来时，马已经把车拉出来走了，走得没影了。他追到沙门子，那里的人说，晌午看见一辆马车拉着几麻袋东西，穿过村子向西去了。

韩三又朝西追了几十公里，到虚土庄子，村里人说半下午时看见一辆马车绕过村子向北边去了。

韩三说他再没有追下去，他因此断定马是没有目标的东西，它只顾自己往前走，好像它的事比人更重要，竟然可以把人家等着下种的一车麦种拉着漫无边际地走下去。韩三是有生活目标的人，要到哪就到哪，说干啥就干啥。他不会没完没了地跟着一辆马车追下去。

韩三说完就去忙他的事了。以后很多年间，我都替韩三想着这辆跑掉的马车。它到底跑到哪去了。我打问过从每一条远路上走来的人，他们或者摇头，或者说，要真有一辆没人要的马车，他们会赶着回来的，这等便宜事他们不会白白放过。

我想，这匹马已经离开道路，朝它自己的方向走了。我还一直想在路上找到它。

但它不会摆脱车和套具。套具是用马皮做的，皮比骨肉更耐久结实。一匹马不会熬到套具朽去。

而车上的麦种早过了播种期，在一场一场的雨中发芽、霉烂。车轮和辕木也会超过期限，一天天地腐烂。只有马不会停下来。

这是唯一跑掉的一匹马。我们没有追上它，说明它把骨头扔在了我们尚未到达的某个远地。马既然要逃跑，肯定有什么东西在追它。那是我们看不到的、马命中的死敌。马逃不过它。

我想起了另一匹马，拴在一户人家草棚里的一匹马。我看到它时，它已奄奄一息，老得不成样子。显然它不是拴在草棚里老

我的孤独在人群中

掉的，而是老了以后被人拴在草棚里的。人总是对自己不放心，明知这匹马老了，再走不到哪里，却还把它拴起来，让它在最后的关头束手就擒，放弃跟命运较劲。

我撕了一把草送到马嘴边，马只看了一眼，又把头扭过去。我知道它已经嚼不动这一口草。马的力气穿透多少年，终于变得微弱黯然。曾经驮几百斤东西，跑几十里路不出汗不喘口粗气的一匹马，现在却连一口草都嚼不动。

"一麻袋麦子谁都有背不动的时候。谁都有老掉牙啃不动骨头的时候。"

我想起父亲告诫我的话。

好像也是在说给一匹马。

马老得走不动时，或许才会明白世上的许多事情，才会知道世上许多路该如何去走。马无法把一生的经验传授给另一匹马。马老了之后也许跟人一样，它一辈子没干成什么大事，只犯了许多错误，于是它把自己的错误看得珍贵无比，总希望别的马能从它身上吸取点教训。可是，那些年轻的活蹦乱跳的儿马，从来不懂得恭恭敬敬向一匹老马请教。它们有的是精力和时间去走错路，老马不也是这样走到老的吗？

马和人常常为了同一件事情活一辈子。在长年累月、人马共操劳的活计中，马和人同时衰老了。我时常看到一个老人牵一匹马穿过村庄回到家里。人大概老得已经上不去马，马也老得再驮不动人。人马一前一后，走在下午的昏黄时光里。

在这漫长的一生中，人和马付出了一样沉重的劳动。人使唤马拉车、赶路，马也使唤人给自己饮水、喂草加料、清理圈里的马粪。有时还带着马去找畜医看病，像照管自己的父亲一样热心。堆在人一生中的事情，一样堆在马的一生中。人只知道马帮自己干了一辈子活，却不知道人也帮马操劳了一辈子。只是活到最后，人可以把一匹老马的肉吃掉，皮子卖掉。马却不能对人这样。

一个冬天的夜晚，我和村里的几个人，在远离村庄的野地，围坐在一群马身旁，煮一匹老马的骨头。我们喝着酒，不断地添着柴火。我们想，马越老，骨头里就越能熬出东西。更多的马静静站立在四周，用眼睛看着我们。火光映红了一大片夜空。马站在暗处，眼睛闪着蓝光。马一定看清了我们，看清了人。而我们一点都不知道马在想些什么。

马从不对人说一句话。

我们对马的唯一理解方式是：不断地把马肉吃到肚子里，把马奶喝到肚子里，把马皮穿在脚上。久而久之，隐隐就会有一匹马在身体中跑动。有一种异样的激情耸动着人，变得像马一样不安、骚动。而最终，却只能用马肉给我们的体力和激情，干点人的事情，撒点人的野和牢骚。

我们用心理解不了的东西，就这样用胃消化掉了。

但我们确实不懂马啊。

我的孤独在人群中

记得那一年在野地，我把干草垛起来，我站在风中，更远的风里一大群马，石头一样静立着，一动不动。它们不看我，马头朝南，齐望着我看不到的一个远处。根本没在意我这个割草人的存在。

我停住手中的活，那样长久羡慕地看着它们，身体中突然产生一股前所未有的激情。我想嘶，想奔，想把镰刀扔了，双手落到地上，撒着欢子跑到马群中去，昂起头，看看马眼中的明天和远方。我感到我的喉管里埋着一千匹马的嘶鸣，四肢涌动着一万只马蹄的奔腾声。而我，只是低下头，轻轻叹息了一声。

我没养过一匹马，不像村里有些人，自己不养马喜欢偷别人的马骑。晚上乘黑把别人的马拉出来骑上一夜，到远处办完自己的事，天亮前把马拴回圈里。第二天主人骑马去奔一件急事，马却死活跑不起来。马不把昨晚的事告诉主人。马知道自己能跑多远的路，不论给谁跑，马把一生的路跑完便不跑了。人把马鞭抽得再响也没用了。

马从来就不属于谁。

别以为一匹马在你胯下奔跑了多少年，这马就是你的。在马眼里，你不过是被它驮运的一件东西。或许马早把你当成了自己的一个器官，高高地安置在马背上，替它看路，拉缰绳，有时下来给它喂草、梳毛、修理蹄子。

其实马压根不需要人。人的最大毛病，是爱以自己的习好度量他物。人习惯了自己的，便认定马也需要用这样。人只会扫马的兴，多管闲事。

也许，没有骑快马奔一段路，真是件遗憾的事。许多年后，有些东西终于从背后渐渐地追上我。那都是些要命的东西，我年轻时不把它们当回事，也不为自己着急。有一天一回头，发现它们已近在咫尺。这时我才明白了以往年月中那些不停奔跑的马，以及骑马奔跑的人。马并不是被人鞭催着在跑，不是。马在自己奔逃。马一生下来便开始了奔逃。人只是在借助马的速度摆脱人命中的厄运。

而人和马奔逃的方向是否真的一致呢。也许人的逃生之路正是马的奔死之途，也许马生还时人已经死归。

反正，我没骑马奔跑过。我保持着自己的速度。一些年人们一窝蜂朝某个地方飞奔，我远远地落在后面，像是被遗弃。另一些年月人们回过头，朝相反的方向奔跑，我仍旧慢慢悠悠，远远地走在他们前头。我就是这样一个人。我不骑马。

我的孤独在人群中

狗这一辈子

一条狗能活到老，真是件不容易的事。太厉害不行，太懦弱不行，不解人意、善解人意了均不行。总之，稍一马虎便会被人剥了皮炖了肉。狗本是看家守院的，更多时候却连自己都看守不住。

活到一把子年纪，狗命便相对安全了，倒不是狗活出了什么经验。尽管一条老狗的见识，肯定会让一个走遍天下的人吃惊。狗却不会像人，年轻时咬出点名气，老了便可坐享其成。狗一老，再无人谋它脱毛的皮，更无人敢问津它多病的肉体。这时的狗很像一位历经沧桑的老人，世界已拿它没有办法，只好撒手，交给时间和命。

一条熬出来的狗，熬到拴它的铁链朽了，不挣而断。养它的主人也入暮年，明知这条狗再走不到哪里，就随它去吧。狗摇摇晃晃走出院门，四下里望望，是不是以前的村庄已看不清楚。狗在早年捡到过一根干骨头的沙沟梁转转，在早年恋过一条母狗的乱草滩转转，遇到早年咬过的人，远远避开，一副内疚的样子。其实人早好了伤疤忘了疼。有头脑的人大都不跟狗计较，有句俗话：狗咬了你，你还去咬狗吗？与狗相咬，除了啃一嘴狗毛你又能占到啥便宜。被狗咬过的人，大都把仇记恨在主人身上，而主人又一股脑儿把责任全推到狗身上。一条狗随时都必须准备承受一切。

在乡下，家家门口拴一条狗，目的很明确：把门。人的门被狗把持，仿佛狗的家。来人并非找狗，却先要与狗较量一阵。等到终于见了主人，来时的心境已落了大半，想好的话语也吓忘掉大半。狗的影子始终在眼前窜悠，答问间时闻狗吠，令来人惊魂不定。主人则可从容不迫，坐察其来意。这叫未与人来先与狗往。

有经验的主人听到狗叫，先不忙着出来，开个门缝往外瞧瞧。若是不想见的人，比如来借钱的，讨债的，寻仇的……便装个没听见。狗自然咬得更起劲。来人朝院子里喊两声，自愧不如狗的嗓门大，也就不喊了。狠狠踢一脚院门，骂声"狗日的"，走了。

若是非见不可的贵人，主人一趟子跑出来，打开狗，骂一句"瞎了狗眼了"，狗自会没趣地躲开，稍慢一步又会挨棒子。狗挨打挨骂是常有的事，一条狗若因主人错怪便赌气不咬人，睁一眼闭一眼，那它的狗命也就不长了。

一条称职的好狗，不得与其他任何一个外人混熟。在它的狗眼里，除主人之外的任何面孔都必须是陌生的、危险的。更不得与邻居家的狗相往来。需要交配时，两家狗主人自会商量好了，公母牵到一起，主人在一旁监督着。事情完了就完了，万不可藕

我的孤独在人群中

断丝连，弄出感情，那样狗主人会忌妒。人养了狗，狗就必须把所有爱和忠诚奉献给人，而不应该给另一条狗。

狗这一辈子像梦一样飘忽，没人知道狗是带着什么使命来到人世。

人一睡着，村庄便成了狗的世界，喧嚣一天的人再无话可说。土地和人都乏了。此时狗语大作，狗的声音在夜空飘来荡去，将远远近近的村庄连在一起。那是人之外的另一种声音，飘远、神秘。莽原之上，明月之下，人们熟睡的躯体是听者，土墙和土墙的影子是听者，路是听者。年代久远的狗吠融入空气中，已经成寂静的一部分。

在这众狗猖猖的夜晚，肯定有一条老狗，默不作声。它是黑夜的一部分。它在一个村庄转悠到老，是村庄的一部分。它再无人可咬，因而也是人的一部分。这是条终于可以冥然入睡的狗，在人们久不再去的僻远路途，废弃多年的荒宅旧院，这条狗来回地走动，眼中满是人们多年前的陈事旧影。

鸟叫

我听到过一只鸟在半夜的叫声。

我睡在牛圈棚顶的草垛上。整个夏天我们都往牛圈棚顶上垛干草，草垛高出房顶和树梢。那是牛羊一个冬天的食草。整个冬天，圈棚上的草会一天天减少。到了春天，草芽初露，牛羊出圈遍野里追青逐绿，棚上的干草便所剩无几，露出粗细歪直的梁柱来。那时候上棚，不小心就会一脚踩空，掉进牛圈里。

而在夏末秋初的闷热夜晚，草棚顶上是绝好的凉快处，从夜空中吹下来的风，丝丝缕缕，轻拂着草垛顶部。这个季节的风吹刮在高空，可以看到云堆飘移，却不见树叶摇动。

那些夜晚我很少睡在房子里。有时铺一些草睡在地头看苞谷。有时垫一个褥子躺在院子的牛车上，旁边堆着新收回来的苞谷、棉花。更多的时候我躺在草垛上，胡乱地想着些事情便睡着了。醒来不知是哪一天早晨，家里发生了一些事，一只鸡不见了，两片树叶落到窗台，堆在院子里的苞谷棒子少了几个，又好像一个没少，什么事都没有发生，一切都和往日一样，一家人吃饭，收拾院子，套车，扛农具下地……天黑后我依旧爬上草垛，胡乱地想着些事情然后睡着。

我的孤独在人群中

　　那个晚上我不是鸟叫醒的。我刚好在那个时候，睡醒了。天有点凉。我往身上加了些草。

　　这时一只鸟叫了。

　　"呱。"

　　独独的一声。停了片刻，又"呱"的一声。是一只很大的鸟，声音粗哑，却很有穿透力。有点像我外爷的声音。停了会儿，又"呱""呱"两声。

　　整个村子静静的，黑黑的，只有一只鸟在叫。

　　我有点怕，从没听过这样大声的鸟叫。

　　叫声在村南边隔着三四幢房子的地方，那儿有一棵大榆树，还有一小片白杨树。我侧过头看见那片黑乎乎的树梢像隆起的一块平地，似乎上面可以走人。

　　过了一阵，鸟叫又突然从西边响起，离得很近，听声音好像就在斜对面韩三家的房顶上。鸟叫的时候，整个村子回荡着鸟声，不叫时便啥声音都没有了，连空气都没有了。

　　我在第七声鸟叫之后，悄悄地爬下草垛。我不敢再听下一声，好像每一声鸟叫都刺进我的身体里，浑身的每块肉每根骨头都被鸟叫惊醒。我更担心鸟飞过来落到草垛上。如果它真飞过来，落到草垛上，我怎么办。我的整个身体埋在干草里，鸟看不见我，它会踩在我的头上叫，我会吓得一动不动。

　　我顺着草垛轻轻滑落到棚沿上，抱着一根伸出来的椽头吊了下来。在草垛顶上坐起身的那一瞬，我突然看见我们家的房顶，觉得那么远，那么陌生，黑黑地摆在眼底下，那截烟囱，横堆在上面的那些木头，模模糊糊的，像是梦里的一个场景。

这就是我的家吗？是我必须要记住的——哪一天我像鸟一样飞回来，一眼就能认出的我们家朝天仰着的那个面容吗？在这个屋顶下面的大土炕上，此刻睡着我的后父、母亲、大哥、三个弟弟和两个小妹。他们都睡着了，肩挨肩地睡着了。只有我在高处看着黑黑的这幢房子。

我走过圈棚前面的场地时，拴在柱子上的牛望了我一眼，它应该听到了鸟叫。或许没有。它只是睁着眼睡觉。我正好从它眼睛前面走过，看见它的眼珠亮了一下，像很远的一点星光。我顺着墙根摸到门边上，推了一下，没推动，门从里面顶住了，又用力推了一下，顶门的木棍往后滑了一下，门开了条缝，我伸手进去，取开顶门棍，侧身进屋，又把门顶住。

房子里什么也看不见，却什么都清清楚楚。我轻脚绕开水缸、炕边上的炉子，甚至连脱了一地的鞋都没踩着一只。沿着炕沿摸过去，摸到靠墙的桌子，摸到了最里头，我脱掉衣服，在顶西边的炕角上悄悄睡下。

这时鸟又叫了一声。像从屋前的树上叫的，声音刺破窗户，整个地撞进屋子里。我赶紧蒙住头。

没有一个人被惊醒。

以后鸟再没叫，可能飞走了。过了好大一阵，我掀开蒙在头上的被子，房子里突然亮了一些。月亮出来了，月光透过窗户斜

我的孤独在人群中

照进来。我侧过身，清晰地看见枕在炕沿上的一排人头。有的侧着，有的仰着，全都熟睡着。

我突然孤独害怕起来，觉得我不认识他们。

第二天中午，我说，昨晚上一只鸟叫的声音很大，像我外爷的声音一样大，太吓人了。家里人都望着我。一家人的嘴忙着嚼东西，没人吭声。只有母亲说了句：你又做梦了吧。我说不是梦，我确实听见了，鸟总共叫了八声，最后飞走了。我没有把这些话说出来，只是端着碗发呆。

不知还有谁在那个晚上听到鸟叫了。

那只是一只鸟的叫声。我想。那只鸟或许睡不着，独自在黑暗的天空中漫飞，后来飞到黄沙梁上空，叫了几声。

它把孤独和寂寞叫出来了。我一声没吭。

更多的鸟在更多的地方，在树上，在屋顶，在天空下，它们不住地叫。尽管鸟不住地叫，听到鸟叫的人，还是极少的。鸟叫的时候，有人在睡觉，有人不在了，有人在听人说话……很少有人停下来专心听一只鸟叫。人不懂鸟在叫什么。

那年秋天，鸟在天空聚会，黑压压一片，不知有几千几万只。鸟群的影子遮挡住阳光，整个村子笼罩在阴暗中。鸟粪像雨点一样洒落下来，打在人的脸上、身上，打在树木和屋顶上。到处是斑斑驳驳的白点。人有些慌了，以为要出啥事。许多人聚到一起，胡乱地猜测着。后来全村人聚到一起，谁也不敢单独待在家里。鸟在天上乱叫，人在地下胡说。谁也听不懂谁。几乎所有的鸟都在叫，听上去各叫各的，一片混乱，不像在商量什么、决定什么，倒像在吵群架，乱糟糟的，从没有在某一刻停住嘴，听一只鸟独叫。人正好相反，一个人说话时，其他人都住嘴听着，大家都以为这个人知道鸟为啥聚会。这个人站在一个土疙瘩上，把手一挥，像刚从天上飞下来似的，其他人愈加安静了。这个人清清嗓子，开始说话。他的话语杂在鸟叫中，才听还像人声，过一会儿像是鸟叫了。其他人"轰"的一声开始乱吵，像鸟一样各叫各地起来。天地间混杂着鸟语人声。

这样持续了约莫一小时，鸟群散去，阳光重又照进村子。人抬头看天，一只鸟也没有了。鸟不知散落到了哪里，天空腾空了。人看了半天，看见一只鸟从西边天空孤孤地飞过来，在刚才鸟群盘旋的地方转了几圈，叫了几声，又朝西边飞走了。

可能是只来迟了没赶上聚会的鸟。

还有一次，一群乌鸦聚到村东头开会，至少有几千只，大部分落在路边的老榆树上，树上落不下的，黑黑地站在地上、埂子上和路上。人都知道乌鸦一开会，村里就会死人，但谁都不知道谁家人会死。整个西边的村庄空掉了，人都拥到了村东边，人和乌鸦离得很近，顶多有一条马路宽的距离。那边，乌鸦黑乎乎地站了一树一地；这边，人群黑压压地站了一渠一路。乌鸦呱呱地

我的孤独在人群中

乱叫，人群一声不吭，像极有教养的旁听者，似乎要从乌鸦聚会中听到有关自家的秘密和内容。

只有王占从人群中走出来，举着个枝条，喊叫着朝乌鸦群走过去。老榆树旁是他家的麦地。他怕乌鸦踩坏麦子。他挥着枝条边走边"啊啊"地喊，听上去像另一只乌鸦在叫，都快走到跟前了，却没一只乌鸦飞起来，好像乌鸦没看见似的。王占害怕了，树条举在手里，愣愣地站了半天，掉头跑回到人群里。

正在这时，"咔嚓"一声，老榆树的一个横枝被压断，几百只乌鸦齐齐摔下来，机灵点的掉到半空飞起来，更多的掉在地上，或在半空乌鸦碰乌鸦，惹得人群一阵哄笑。还有一只摔断了翅膀，鸦群飞走后那只乌鸦孤零零地站在树下，望望天空，又望望人群。

全村人朝那只乌鸦围了过去。

那年村里没有死人。那棵老榆树死掉了。乌鸦飞走后树上光秃秃的，所有树叶都被乌鸦踏落了。第二年春天，也没再长出叶子。

"你听见那天晚上有只鸟叫了。是只很大的鸟，一共叫了八声。"

以后很长时间，我都想找到一个在那天晚上听到鸟叫的人。我问过住在村南头的王成礼和孟二，还问了韩三。第七声鸟叫就是从韩三家房顶上传来的，他应该能听见。如果黄沙梁真的没人听见，那只鸟就是叫给我一个人听的。我想。

我最终没有找到另一个在那晚听见鸟叫的人。以后许多年，我忙于长大自己，已经淡忘了那只鸟的事。它像童年经历的许多事情一样被推远了。可是，在我快四十岁的时候，不知怎的，又突然想起那几声鸟叫来。有时我会情不自禁地张几下嘴，想叫出那种声音，又觉得那不是鸟叫。也许，我记错了。也许，只是一个梦，根本没有那个夜晚，没有草垛上独睡的我，没有那几声鸟叫。也许，那是我外爷的声音，他寂寞了，在夜里喊叫几声。我很小的时候，外爷粗大的声音常从高处掼下来，我常常被吓住，仰起头，看见外爷宽大的胸脯和满是胡子的大下巴。有时他会塞一个糖给我。有时会再大喊一声，撵我们走开，到别处玩去。外爷极爱干净，怕我们弄脏他的房子，我们一走开他便拿起扫把扫地。

　　现在，这一切了无凭据。那个牛圈不在了。高出树梢屋顶的那垛草早被牛吃掉，圈棚倒塌，曾经把一个人举到高处的那些东西消失了。那块天空空出来。再没有人从这个高度，经历他所经历的一切。

我的孤独在人群中

春天的步调

刚发现那只虫子时，我以为它在仰面朝天晒太阳呢。我正好走累了，坐在它旁边休息。其实我也想仰面朝天和它并排躺下来。我把铁锨插在地上。太阳正在头顶。春天刚刚开始，地还大片地裸露着。许多东西没有出来。包括草，只星星点点地探了个头儿，一半儿还是种子埋藏着。那些小虫子也是一半儿在漫长冬眠的苏醒中。这就是春天的步骤，几乎所有生命都留了一手。它们不会一下子全涌出来。即使早春的太阳再热烈，它们仍保持着应有的迟缓。因为，倒春寒是常有的。当一场寒流杀死先露头的绿芽儿，那些迟迟未发芽的草籽、未醒来的小虫子们便幸存下来，成为这片大地的又一次生机。

春天，我喜欢早早地走出村子，雪前脚消融，我后脚踩上冒着热气的荒地。我扛着锨，拿一截绳子。雪消之后荒野上会露出许多东西：一截干树桩，半边埋入土中的柴火棍……大地像突然被掀掉被子，那些东西来不及躲藏起来。草长高还得些时日。天却一天天变长。我可以走得稍远一些，绕到河湾里那棵歪榆树下，折一截细枝，看看断茬处的水绿便知道它多有生气，又能旺势地活上一年。每年春天我都会最先来到这棵榆树下，看上几眼。它是我的树。那根直端端指着我们家房顶的横权上少了两个细枝条，可能入冬后被谁砍去当筐把子了。上个秋天我爬在树上玩时就发现它是根好筐把子，我没舍得砍。再长粗些说不定是根好镢把呢，我想。它却没能长下去。

我无法把一棵树、树上的一根直爽枝条藏起来，让它秘密地为我一个人生长。我只藏埋过一个西瓜，它独独地为我长大、长熟了。

发现那株西瓜时它已扯了一米来长的秧，根上结了拳头大的一个瓜蛋，梢上还挂着指头大两个小瓜蛋。我想是去年秋天挖柴的人在这儿吃西瓜吐的籽。正好这儿连根挖掉一棵红柳，土虚虚的，很肥沃，还有根挖走后留下的一个小蓄水坑，西瓜便长了起来。

那时候雨水盈足，荒野上常能看见野生的五谷作物：牛吃进肚子没消化掉又排出的整粒苞米，鸟飞过时一松嘴丢进土里的麦粒、油菜籽，鼠洞遭毁后埋下的稻米、葵花……都会在春天发芽生长起来。但都长不了多高又被牲畜、野动物啃掉。

这株西瓜迟早也会被打柴人或动物发现。他们不会等到瓜蛋子长熟便会生吃了它。谁都知道荒野中的一个瓜你不会第二次碰见。除非你有闲工夫，在这个西瓜旁搭个草棚住下来，一直守着它长熟。我倒真想这样去做。我住在野地的草棚中看守过几个月麦垛，也替大人看守过一片西瓜地。在荒野中搭草棚住下，独独地看着一个西瓜长大这件事，多少年后还在我的脑子想着。我却

我的孤独在人群中

没做到。我想了另外一个办法：在那个瓜蛋子下面挖了一个坑，让瓜蛋吊进去。用木棍、草叶和土小心地把坑顶封住。把秧上另两个小瓜蛋掐去。秧头打断，不要它再张扬着长。让人一看就知道这是一截啥都没结的西瓜秧，不会对它过多留意。

此后的一个多月里，我又来看过它三次。显然，有人和动物已经来过，瓜秧旁有新脚印。一只圆形的牛蹄印，险些踩在我挖的坑上。有一个人在旁边站了好一阵儿，留下一对深脚印。他可能不太相信自己的眼睛，还蹲下用手拨了拨西瓜叶——这么粗壮的一截瓜秧，怎么会没结西瓜呢。

又过了一些日子，我估摸着那个瓜该熟了。大田里的头茬瓜已经下秧。我夹了条麻袋，一大早悄悄溜出村子。当我双手微颤着扒开盖在坑顶的土、草叶和木棍——我简直惊住了，那么大一个西瓜，满满地挤在土坑里。抱出来发现它几乎是方的。我挖的坑太小，太方正，让它委屈地长成这样。

当我把这个瓜背回家，家里人更是一片惊喜。他们都不敢相信这个怪模怪样的东西是一个西瓜。它咋长成这样了。

出河湾向北三四里，那片低洼的荒野中蹲着另一棵大榆树，向它走去时我怀着一丝的幻想与侥幸：或许今年它能活过来。

这棵树去年春天就没发芽。夏天我赶车路过它时仍没长出一片叶子。我想它活糊涂了，把春天该发芽长叶子这件事忘记了。树老到这个年纪就这样，死一阵子活一阵子。有时我们以为它死彻底了，过两年却又从干裂的躯体上生出几条嫩枝，几片绿叶子。它对生死无所谓了。它已长得足够粗，有足够多的枝杈，尽管被砍得剩下三两个。它再不指点什么。它指向的绿地都已荒芜。在荒野上一棵大树的每个枝杈都指示一条路。有生路有死路。会看树的人能从一棵粗壮枝杈的指向找到水源和有人家的居住地。

这片土地上的东西已经不多了：树、牲畜、野动物、人、草地，少一个我便能觉察出。我知道有些东西不能再少下去。

每年春天，让我早早走出村子的，也许就是那几棵孤零零的大榆树、洼地里的片片绿草，还有划过头顶的一声声鸟叫——鸟儿们从一棵树，飞向远远的另一棵。飞累了，落到地上喘气……如果没有了它们，我会一年四季待在屋子里，四面墙壁，把门和窗户封死。我会不喜欢周围的每一个人。恨我自己。

在这个村庄里，人可以再少几个，再走掉一些。那些树却不能再少了。那些鸟叫与虫鸣再不能没有。

在春天，有许多人和我一样早早地走出村子，有的扛把锨去看看自己的地。尽管地还泥泞。苞谷茬端扎着。秋收时为了进车平掉的一截毛渠、一段埂子，还原样地放着。没什么好看的，却还是要绕着地看一圈子。

有的出去拾一捆柴背回来。还有的人，大概跟我一样没什么事情，只是想在冒着热气的野外走走。整个冬天冰封雪盖，这会儿脚终于踩在松软的土上了。很少有人在这样的天气窝在家里。

我的孤独在人群中

春天不出门的人，大都在家里生病。病也是一种生命，在春天暖暖的阳光中苏醒。它们很猛地生发时，村里就会死人。这时候，最先走出村子挥锨挖土的人，就不是在翻地播种，而是挖一个坟坑。这样的年成命定亏损。人们还没下种时，已经把一个人埋进土里。

在早春我喜欢迎着太阳走。一大早朝东走出去十几里，下午面向西逛荡回来，肩上仍旧一把锨一截绳子。有时多几根干柴，顶多三两根。我很少捡一大捆柴压在肩上，让自己躬着背从荒野里回来——走得最远的人往往背回来的东西最少。

我只是喜欢让太阳照在我的前身。清早，刚吃过饭，太阳照着鼓鼓的肚子，感觉嚼碎的粮食又在身体里葱葱郁郁地生长。尤其平射的热烈阳光穿过我两腿之间。我尽量把腿叉得开些走路，让更多的阳光照在那里。这时我才体会到阳光普照这个词。阳光照在我的头上和肩上，也照在我正慢慢成长的阴囊上。

我注意到牛在春天吃草时喜欢屁股对着太阳。驴和马也这样。狗爱坐着晒太阳。老鼠和猫也爱后腿叉开坐在地上晒太阳。它们和我一样会享受太阳普照在潮湿阴部的亢兴与舒坦劲儿。

我同样能体会到这只常年爬行、腹部晒不到太阳的小甲壳虫，此刻仰面朝天躺在地上的舒服劲儿。一个爬行动物，当它想让自己一向阴潮的腹部也能晒上太阳时，它便有可能直立起来，最终成为智慧动物。仰面朝天是直立动物享乐的特有方式。一般的爬行动物只有死的时候才会仰面朝天。

　　这样想时突然发现这只甲壳虫朝天蹬腿的动作有些僵滞，像在很痛苦地抽搐。它是否快要死了。我躺在它旁边。它就在我头边上。我侧过身，用一个小木棍拨了它一下，它正过身来，光滑的甲壳上反射着阳光，却很快又一歪身，仰面朝天躺在地上。

　　我想它是快要死了。不知什么东西伤害了它。这片荒野上一只虫子大概有两种死法：死于奔走的大动物蹄下，或死于天敌之口。还有另一种死法——老死，我不太清楚。在小动物中我只认识老蚊子。其他的小虫子，它们的死太微小，我看不清。当它们在地上走来奔去时，我确实弄不清哪个老了，哪个正年轻。看上去它们是一样。

　　老蚊子朝人飞来时往往带着很大的嗡嗡声，飞得也不稳，好像一只翅膀有劲，一只没劲。往人皮肤上落时腿脚也不轻盈，很容易让人觉察，死于一巴掌之下。

　　一次我躺在草垛上想事情，一只老蚊子朝我飞过来，它的嗡嗡声似乎把它吵晕了，绕着我转了几圈才落在手臂上。落下了也不赶紧吸血，仰着头，像在观察动静，又像在大口喘气。它犹豫不定时，已经触动我的一两根汗毛，若在晚上我会立马一巴掌拍在那里。可这次，我懒得拍它。我的手正在远处干一件想象中的美妙事情。我不忍将它抽回来。况且，一只老蚊子，已经不怕死，又何必置它于死地。再说我一挥手也耗血气，何不让它吸一点血赶紧走呢。

　　它终于站稳当了。它的小吸血管可能有点钝，它往下扎了一

下，没扎进去，又抬起头，猛扎了一下。一点细微的疼。是我看
见的。我的身体不会把这点细小的疼传到心里。它在我疼感不知
觉的范围内吸吮鲜血。那是我可以失去的。我看见它的小肚子一
点点红起来，皮肤才有了点痒，我下意识抬起手，做挥赶的动作。
它没看见，还在不停地吸，半个小肚子都红了。我想它该走了。
我也只能让它吸半肚子血。剩下的到别人身上去吸吧。再贪嘴也
不能叮住一个人吃饱。这样太危险。可它不害怕，吸得投入极了。
我动了动胳膊，它翅膀扇了一下，站稳身体，丝毫没影响嘴的吮吸。
我真恼了，想一巴掌拍死它，又觉得那身体里满是我的血，拍死
了可惜。

这会儿它已经吸饱了，小肚子红红鼓鼓的，我看见它拔出小
吸管，头晃了晃，好像在我的一根汗毛根上擦了擦它吸管头上的
血迹，一蹬腿飞起来。飞了不到两柞高，一头栽下去，掉在地上。

这只贪婪的小东西，它拼命吸血时大概忘了自己是只老蚊子
了。它的翅膀已驮不动一肚子血。它栽下去，立马就死了。它仰
面朝天，细长的腿动了几下，我以为它在挣扎，想爬起来再飞。
却不是。它的腿是风吹动的。

我知道有些看似在动的生命，其实早死亡了。风不住地刮着
它们，从一个地方，到另一个地方，再回来。

这只甲壳虫没有马上死去。它挣扎了好一阵子了。我转过头
看了会儿远处的荒野、荒野尽头的连片沙漠，又回过头，它还在

蹬腿，只是动作越来越无力。它一下一下往空中蹬腿时，我仿佛看见一条天上的路。时光与正午的天空就这样被它朝天的小细腿一点点地西移了一截子。

接着它不动了。我用小棍拨了几下，仍没有反应。

我回过头开始想别的事情。或许我该起来走了。我不会为一只小虫子的死去悲哀。我最小的悲哀大于一只虫子的死亡。就像我最轻的疼痛在一只蚊子的叮咬之外。

我只是耐心地守候过一只小虫子的临终时光，在永无停息的生命喧哗中，我看到因为死了一只小虫而从此沉寂的这片土地。别的虫子在叫。别的鸟在飞。大地一片片明媚复苏时，在一只小虫子的全部感知里，大地暗淡下去。

野地上的麦子

好几年，我们没收上野地上的麦了。有一年老鼠先下了手，村里人吆着车提着镰刀赶到野地时，只看见一地的没头的光麦秆，穗全不见了。有两年麦子黄过了头，大风把麦粒摇落在地，黄灿灿一层，我们下镰时麦穗已轻得能飘起来。

麦子在大概的月份里黄熟，具体哪天黄熟没人能说清楚，由于每年的气候差异和播种时间的早几天晚几天，还由于人的记忆。好多年的这个月份混在一起，人过着过着，仿佛又回到曾经的一些年月里，经过的事情又原原本本出现在眼前。人觉得不对劲，又觉得没什么不对劲。麦子要熟了，每年要熟一次，仿佛还是去年前年被人割倒的那些麦子，又从黑暗中爬了起来，一步一步走到这个月份里。

那时正值玉米长到一人高，棉花和黄豆也都没膝，村子被高高矮矮的庄稼围着，连路上都长出草和粮食。

一条路隔段时间没人走，掉在路上的麦粒、苞谷、黄豆、草籽……就会在一场雨后迅速发芽，生长起来。路上的土都很肥沃，牲口边走边撒的粪尿，一摇一晃的牛车上掉下的肥料和草，人身上抖下的垢甲，凡从路上拉来运去的东西，没一样不遗落一些在路上。春播一过，路往往会空一阵子，有些路就是专门通向一块地，这块地里的活干完了，路也就没人走了。等过上一两个月，人再去这块地里忙活，才发现路上已长满了作物，有麦子、玉米、黄豆，还有已经结上小瓜蛋子的西瓜秧，整个路像一条绿龙，弯弯曲曲伸到人要去的那方。人在路头愣望一阵，想他们麻袋上的小洞、车箱底的细缝，咋会漏掉这么多种子。人实在不忍心踏上去，只好沿路边再走出一条新路。

　　麦子成熟的香味就在这个时候顺风飘来，先是村西边的人闻到。麦子快要熟了。嗯，是麦子熟了。打镰刀的王铁匠锤停在半空，愣了一下，麦香飘过他的铁炉的一瞬被烤熟了，像吃了口新麦锅盔的感觉。编筐的张五突然停住正编的一根榆树条，抬头朝天上望。麦子已经熟了，快给村长说说去，该安排人割麦子了。

　　正往车上装羊粪的韩三扔掉铁叉快步朝村东边走去，新麦的清香拨开浓浓的羊粪味钻进他的鼻孔里。他刚迈出两步，风已经翻过一家家房顶把麦香刮到村东头，全村人都闻到麦香了。

　　这时候，村长就会派一个人骑马去野地走一趟，看看麦子黄到了几成，哪天下镰合适，以便安排劳力。

　　有一年人们闻着麦香走向野地，全村一百五十多个劳力，十几辆大车，浩浩荡荡走了一整天，天黑透走到野地，连夜在地头搭棚、支炉灶、挖地窝子。人马疲困已极。第二天一早，人们醒来一看，麦子还青着，只黄了一点麦芒。

麦子成熟的气息依旧弥漫在空气里。是哪一块麦地熟了。有人站在车上，有人爬上棚顶，朝四下里张望。肯定有一块麦子已经熟透了。谁也不知道这块麦地在哪里。仿佛是去年前年随风飘远的阵阵麦香，被另一场相反的风刮了回来，又亲切又熟悉。

人们住下来等麦子黄熟。

也就几天就能下镰了。节气已经到了，麦子不黄也说不过去。最多三五天吧，回去屁股坐不稳又得再来。

人们等到第五天，麦子还没黄。

第三天的大太阳，本来已经把麦穗催黄了，可是天黑前下了一场雨，一夜过去，麦子又返青了，跟刚来时一模一样。

第六天上午，磨利的镰刀刃已开始生锈，带来的粮食清油也吃掉八九成。人们拆掉窝棚，把米面锅灶搬到车上。那天天气燥热，天上没一朵云，太阳照到每一片叶子上。一百五十多人，十几辆马车，浩浩荡荡往回走。麦子在他们离去的背影里，迅速地黄透了。

村长马缺也闻到了麦香，每当这个节气村长马缺都格外操心，一有点儿风就把鼻子伸长用心地吸几口气。

有一年，也是这个月份，大早晨，树轻轻晃动，马路上几头牛踩起的土，缓缓向东边飘浮，牛也朝东边走，踩起的土远远跑到它们前头。村长马缺站在路边上，鼻子伸进风里，吸了两下，又吸了两下。

　　什么地方着火了。不像是炊烟的气味。

　　村长马缺赶紧爬上房，踮起脚尖朝西边望。早晨的炊烟，像一片树林一样挡住视线。炊烟全朝东边弯。村长马缺第一次感到这个村子的炊烟这么稠密，要望过去都有点费力。

　　村长马缺下了房，快步走到村西头，站到一个粪堆上朝西边望，鼻子一吸一吸地闻了好一阵，是一股很远处的烟火味。它穿过天空和荒野时烟味变薄变旧了，还沾染了些野草、尘沙和云的气息。好像还飘过村里种在西边野滩上的麦地，粘带了些麦粒灌浆时溢出的青郁香气。

　　什么东西在远处烧掉了。村长马缺在心里嘀咕。

　　那以后村长马缺时常在梦中看见一场大火，呼呼地烧着，四处都是火，浓烟滚滚。他辨不清那场火在什么地方。村长马缺一直在担心野地上的麦子，会在哪一天烧着。麦子熟透了会自己着。有时远远的一粒火，甚至一颗流星都能把七月的麦地点着。

　　村长马缺没有把这种担心告诉别人，他一直一个人在心里害怕着一场没烧着的大火。

　　野地上着过一次火，是在老早，村长马缺出生以前。村里王家（也许是刘家）一头牛不想干活，跑到野地里。那头牛左肩胛一块皮磨烂了，好不容易咬牙熬到春耕完，牛本指望春闲时皮能长好。可是伤口化脓了，不住往外流脓水，成群的苍蝇在伤口处叮咬，作蛹。紧接着又是田管、中耕、拉肥料，牛肩胛疼得厉害，站着不走又要挨鞭子，牛实在熬不下去，便在一个夜晚挣脱缰绳跑掉了。人跟着牛蹄印追到野地，眼前一大片荒草灌木，浩浩莽莽，在里面转了半天，差点把自己丢了。人爬到一棵树上喊，嗷嗷地叫，牛死活不出来。

秋天，人又去了野地，在金黄一片的草木中发现牛的蹄印和粪，说明牛还在里面，找了大半天，野地太大草太深，根本看不见牛的影子。人跑到草滩另一头，放了把火，想把牛烧出来。火着了三天三夜，烟灰顺风刮到村里，房顶院子落了一层。

到底把牛烧出来没有？由于时间久了，许多关于前辈人的故事大都是这样剩下半截子，要再说下去就得瞎编。可是，生活中有意思的事一件接一件，真人真事都说不完，谁有闲工夫瞎编故事呢。直到现在，多少年过去了，越来越多的半截子故事扔在村里，没人理识。我也懒得回想。光我自己的事情就够我说大半辈子，我哪顾得上说别人呢。

那年派去探麦的人是刘榆木。这是个啥活都不干的人，整天披一件黑上衣蹲在破墙头上，像个驼背的鸟似的，有时他面朝西双手支着头一看就是大半天，有时尻子对着南边一蹲又是一下午。我们都不知道他在看啥，到底看见了啥。

一个人要是啥都不干，一天到晚盯着一个小地方看上一辈子，肯定能看出些名堂。但我们又不愿意相信刘榆木会看出啥名堂。

他是个懒人，不会比我们知道更多的事情。我们想。

早先刘榆木喜欢蹲在旧马号圈墙上，那堵墙又高又厚实，蹲在上面哪都能看见。后来那堵墙倒了。听人说是刘榆木家里人嫌他啥活不干整日蹲在墙上，气愤地把那堵墙放倒了。后来刘榆木蹲到靠马路的半堵破羊圈墙上。那堵墙矮一些，也单薄，却一直不倒。

谁也使唤不动刘榆木。他家每年收多少粮、种几亩地他从来不管不问。到吃饭的时候他就从墙上跳下来，拍一把屁股上的土，很准时地回到家里。听人说他看着烟囱里冒出来烟就知道家里做什么饭，饭啥时候做熟。

谁家有急事找刘榆木帮忙，他总是一甩头，丢一句"管我的球事"，便再不理人家。

村长马缺也没想到要使唤刘榆木，他从粪堆上下来，想着派谁去野地看看，一扭头看见蹲在墙头上的刘榆木。

"刘榆木，给你派个活，到野地去看看麦子熟了没有。"

"麦子熟不熟管我的球事。"刘榆木头一甩，不理村长了。

村长马缺瞪了刘榆木几眼，正要走开，又突然回过头。

"给你一匹马，你就把马当成这堵墙骑着，边走边看，也不耽误你看事情，只要把麦子熟没熟给我看回来就行了。"

这一年村里又没收上麦子。去晚了几天，麦子黄焦在地里。

派去探麦的刘榆木根本没去野地。他骑马从村西边出去，在

我的孤独在人群中

村外绕了一圈，绕到村东头，打马朝沙湾镇奔去了。

他去沙湾镇其实也没啥事情，只是他觉得去野地看麦子更没意思。有啥看的，掰指头一算就知道麦子熟没熟。节气到了麦子肯定会熟，时候不到再看麦子还是青的。刘榆木许多年不问地里的事，他已经不知道地开始变得不守节气，好像太阳绕着地转晕了，该熟时不熟，不该熟早熟的事多了。只是这些事又管刘榆木的啥球事。

天快黑时，刘榆木打马绕到村西头，一摇一晃走进村，给村长马缺丢下一句"还早呢，再有十天才能熟。"便转身回家去了，再不理识村长的追问。

其实刘榆木也没走到沙湾镇。沙湾镇比野地更远，去了再赶回来非得走到第二天早晨。他只是走到了自己蹲在墙头上远望时的目光尽头，又朝前望了一阵子就调转马头回来了。

这两截子目光接起来，足足有六十公里。这大概是村里最长远的目光了。刘榆木想。

村长马缺也没完全信刘榆木的话，他总觉得这个整日蹲在墙头上身子悬在半空里的人不太踏实。没等到十天，也就过了七八天吧，村长马缺便带着人马下野地了。结果还是晚来许多天，麦粒几乎全落到地上，又准备发芽长下一茬麦子了。

事后人们埋怨村长马缺，不该把探麦这么重要的事交给懒汉刘榆木。村长马缺辩解说，我总不能让铁块烧红正要打一把镰刀的王铁匠扔下锤子去野地吧。也不能叫水渟在地里正浇苞谷的韩拐子收了水口子去探麦吧。更不能让我村长马缺丢下一村子的事亲自跑去看麦子吧。况且，也不是件啥难事。又不用他的手，也不用他的腿和脑子。只用用他的眼睛，看一下麦子黄了没有。刘榆木不是爱支着头傻看吗？看不正是他的特长吗？

不管怎么说，那年野地上的活又白干了。刘榆木依旧蹲在那截墙头上，像啥事没发生。又一年，我们踏着泥泞春播时从他眼皮底下走过，秋天拉着苞谷回来时从他尻子后面过去。我们懒得理这个人，没心思跟他搭腔说话，他也不理识我们。有些时候我们已经把他当成一个没用的榆木疙瘩。

这样过了几年，又是几年，一切都没有变化。我们还是一样春忙秋忙，夏天也闲不住。刘榆木也还是蹲在破墙头上，像个更加驼背的鸟，只是头发和胡子更苍白蓬乱，衣服更脏旧。低头看看我们自己，也好不到哪去。有时我想，仅仅因为刘榆木少干了些活，就把他看成跟我们不一样的人，这样做是不是合适。

原来我们都认为，一个人没事干就会荒芜掉。还是在好多年前，我们就说刘榆木这一辈子完了，荒掉了。说这些话时我们似乎看见荒草淹没到了刘榆木的脖子跟。刘榆木没黑没明地在荒草中奔走，走完一年，下一年还是满当当的荒草，下下一年的荒草仍旧淹没到刘榆木的脖子根。这个人最后就叫荒草吃掉了。我们说。

后来我们发现其实荒草根本没不到刘榆木的脖子根，连他的脚跟都没不到。刘榆木蹲在墙头上。倒是我们这些忙人没明没黑地在荒草中找寻粮食。我们以为不让地荒掉，自己的一辈子就不会荒掉。现在看来，长在人一生中的荒草，不是手中这把锄头能够除掉的。在心中养育了多年的那些东西，和遍野的荒草一样，它枯黄的时候，是不大在乎谁多长了几片叶少结了几颗果的。

心地才是最远的荒地，很少有人一辈子种好它。

那以后野地种没种麦子我记不清了，大概撂荒了几年。村里的事突然多起来，有些人长大了，有些人长老了，乱哄哄的，人再顾不上远处。

又过了些年，有一户人家搬到野地上。"他在村里住烦了。"我听人这么说。却想不起这户人家烦的时候啥样子，不烦时又是啥样子。他们家住在最东头，西北风一来，全村的土和草叶都刮到他家院子里。牛踩起的土，狗和人踩起的土，老鼠打洞刨出的土，全往他们一家人身上落。

人和牲口放的屁，一个都没跑掉，全顺风钻进他们一家人鼻孔里。

他一生气搬到了野地上。那地方是上风。

我都忘了那户人家姓什么了，也没想过我们踩起的土会全落到这一户人家的院子。我们住在上风，刮风时从不知道把脚放轻些。这户人家搬走后我似乎懂得了一些事情，现在，又忘得差不多了。时间一久，许多事情只剩下一个干骨架子。况且，又刮了许多场风，村里也没一个人闻到住在野地上风处的那户人家放的屁，也没看见哪粒沙尘是他们家牲口故意踩起来眯我们的。

再后来，又有几户人家搬到野地，在那地方凑成一个小村子，村名叫野户地。

现在，我们生活的村子再没有野地可种了。

没有野地可种的那些年，麦子成熟的香味依旧在那时候顺风飘来，人们往往被迷惑，禁不住朝野地的方向望一阵。村长马缺依旧会闻到一股浓浓的什么东西烧着了的烟火味。他依旧会站在村西头的粪堆上眺望一阵。在他身后的破土墙上，刘榆木依旧像个驼背的鸟一样蹲着。

村长马缺如果站得稍远些，站在西边或北边那道沙梁上朝村里望一眼，他就会看见梦中的那场大火，其实一直在村子里燃烧着。村长马缺从没有跑到远处看一眼村子。

村里人也从不知道自己一直在燃烧。

这一村庄人的火焰，在夜晚蹿出房顶几丈高。他们的烟，一缕一缕，冒到村庄上头，被风刮散，灰烬落入荒野和院子里。

他们熄灭了也不知道自己熄灭了。

我因为后来离开村子，在远处看见这一村庄人的火焰，看见他们比熄灭还要寂静的那一场燃烧。我像一根逃出火堆的干柴，

我的孤独在人群中

幸运而孤单地站在远处。一根柴禾看见一堆柴禾慢慢被烧掉，然后熄灭。它自己孤单地朽掉，被别处的沙土掩埋。就这些。

树会记住许多事

如果我们忘了在这地方生活了多少年，只要锯开一棵树，院墙角上或房后面那几棵都行，数数上面的圈就大致清楚了。

树会记住许多事。

其他东西也记事，却不可靠。譬如路，会丢掉人的脚印，会分叉，把人引向歧途。人本身又会遗忘许多人和事。当人真的遗忘了那些人和事，人能去问谁呢？

问风。

风从不记得那年秋天顺风走远的那个人。也不会在意它刮到天上飘远的一块红头巾，最后落到哪里。风在哪停住哪就会落下一堆东西。我们丢掉找不见的东西，大都让风挪移了位置。有些多年后被另一场相反的风刮回来，面目全非躺在墙根，像做了一场梦。有些在昏天暗地的大风中飘过村子，越走越远，再也回不到村里。

树从不胡乱走动。几十年、上百年前的那棵榆树，还在老地方站着。我们走了又回来。担心墙会倒塌，房顶被风掀翻卷走，人和牲畜四散迷失，我们把家安在大树底下，房前屋后栽许多树让它快快长大。

　　树是一场朝天刮的风，刮得慢极了。能看见那些枝叶挨挨挤挤向天上涌，都踏出了路，走出了各种声音。在人的一辈子里，能看见一场风刮到头，停住。像一辆奔跑的马车，甩掉轮子，车体散架，货物坠落一地，最后马扑倒在尘土里，伸长脖子喘几口粗气，然后死去。谁也看不见马车夫在哪里。

　　风刮到头是一场风的空。

　　树在天地间丢了东西。

　　哥，你到地下去找，我向天上找。

　　树的根和干朝相反方向走了，它们分手的地方坐着我们一家人。父亲背靠树干，母亲坐在小板凳上，儿女们蹲在地上或木头上。刚吃过饭，还要喝一碗水，水喝完还要再坐一阵。院门半开着，看见路上过来过去几个人、几头牛。也不知树根在地下找到什么。我们天天往树上看，似乎看见那些忙碌的枝枝叶叶没找见什么。

　　找到了它就会喊，把走远的树根喊回来。

　　父亲，你到土里去找，我们在地上找。

　　我们家要是一棵树，先父下葬时我就可以说这句话了。我们也会像一棵树一样，伸出所有的枝枝叶叶去找，伸到空中一把一把抓那些多得没人要的阳光和雨，捉那些闲得打盹的云，还有鸟叫和虫鸣，抓回来再一把一把扔掉。不是我要找的，不是的。

我们找到天空就喊你，父亲。找到一滴水一束阳光就叫你，父亲。我们要找什么。

多少年之后我才知道，我们真正要找的，再也找不回来的，是此时此刻的全部生活。它消失了，又正在被遗忘。

那根躺在墙根的干木头是否已将它昔年的繁枝茂叶全部遗忘。我走了，我会记起一生中更加细微的生活情景，我会找到早年落到地上没看见的一根针，记起早年贪玩没留意的半句话、一个眼神。当我回过头去，我对生存便有了更加细微的热爱与耐心。

如果我忘了些什么，匆忙中疏忽了曾经落在头顶的一滴雨、掠过耳畔的一缕风，院子里那棵老榆树就会提醒我。有一棵大榆树靠在背上（就像父亲那时靠着它一样），天地间还有哪些事情想不清楚呢。

我八岁那年，母亲随手挂在树枝上的一个筐，已经随树长得够不着。我十一岁那年秋天，父亲从地里捡回一捆麦子，放在地上怕鸡叨吃，就顺手夹在树杈上，这个树杈也已将那捆麦子举过房顶，举到了半空中。这期间我们似乎远离了生活，再没顾上拿下那个筐，取下那捆麦子。它一年一年缓缓升向天空的时候我们似乎从没看见。

现在那捆原本金黄的麦子已经发灰，麦穗早被鸟啄空。那个

我的孤独在人群中

筐里或许盛着半筐干红辣皮、几个苞谷棒子，筐沿满是斑白鸟粪，估计里面早已空空的了。

我们竟然有过这样富裕漫长的年月，让一棵树举着沉甸甸的一捆麦子和半筐干红辣皮，一直举过房顶，举到半空喂鸟吃。

"我们早就富裕得把好东西往天上扔了。"

许多年后的一个早春。午后，树还没长出叶子。我们一家人坐在树下喝苞谷糊糊。白面在一个月前就吃完了。苞谷面也余下不多，下午饭只能喝点糊糊。喝完了碗还端着，要愣愣地坐好一会儿，似乎饭没吃完，还应该再吃点什么，却什么都没有了。一家人像在想着什么，又像啥都不想，脑子空空地呆坐着。

大哥仰着头，说了一句话。

我们全仰起头，这才看见夹在树杈上的一捆麦子和挂在树枝上的那个筐。

如果树也忘了那些事，它早早地变成了一根干木头。

"回来吧，别找了，啥都没有。"

树根在地下喊那些枝和叶子。它们听见了，就往回走。先是叶子，一年一年地往回赶，叶子全走光了，枝杈便枯站在那里，像一截没人走的路。枝杈也站不了多久。人不会让一棵死树长时间站在那里。它早站累了，把它放倒，可它已经躺不平，身躯弯扭得只适合立在空气中。我们怕它滚动，一头垫半截土块，中间也用土块堰住。等过段时间，消闲了再把树根挖出来，和躯干放在一起，如果它们有话要说，日子长着呢。一根木头随便往哪一扔就是几十年光景。这期间我们会看见木头张开许多口子，离近了能听见木头开口的声音。木头开一次口，说一句话。等到全身开满口子，木头就没话可说了。我们过去踢一脚，敲两下，声音空空的。根也好，干也罢，里面都没啥东西了。即便无话可说，也得面对面待着。一个榆木疙瘩，一截歪扭树干，除非修整院子时会动一动。也许还会绕过去。谁会管它呢。在它身下是厚厚的这个秋天、很多个秋天的叶子。在它旁边是我们一家人、牲畜。或许已经是另一户人。

这个村庄长着二百零七只眼睛

那个上面来的人走了以后，村里开了个会。

我们村里的事得自己搞清楚，不能一问三不知。我们住得这么偏远，外面发生了啥事全不知道。但村里的事我们得全知道。

这次上面来人要树的数字，下次要是来统计树上有多少片叶子，我们也要一口说出来，绝不能大概。

我们想隐瞒多少是自己的事。但必须知道个准确数字。

弄不好想胡编却一口说准了，聪明反被聪明误。

还要一棵树一棵树爬上去数吗？我问。

不用。等秋天树叶落光，全村的叶子扫到一起一点就清楚了。

羊吃掉的，风刮走的我们都能看见。

刮风时村里专门有几只眼睛盯着天。

羊吃掉多少叶子放羊人心里有数。

即使吃进去时没看见拉出来时也能看见。一个放了两年羊的人，只要数一下羊粪蛋子就知道羊吃了多少片叶子。

当然最准确是在树发芽时数树上的芽子。

树每年发多少芽都不一样，那取决于树的情况。但一个村庄每年长多少片树叶大致差不多。就像一村庄人每年说的话大致差不多一样。你今年多说了几句，别人少说了几句，总共还是说了一样多。

树发芽也是地在说话。地闷得很，它要把底下的事情说出来。

那些叶子全是地的话。每一片都有意思呢。地不说废话。

我们好像觉得树每年都在重复那些叶子。好像它再没别的。

其实它再重复一千遍一万遍，我们仍旧听不懂记不住。那是地底下的事情。

人要是像树根一样在土里埋几十年出来，就知道地底下的事了。

可是人一埋下去就再出不来了。就像刘扁，挖一个洞朝地下跑掉了。我们不知道他看见了啥。他儿子每天从洞口往下看，侧着耳朵听，从洞口冒出来的只有一阵阵的凉气。

有几年我们停住没走，就是在等一个叫刘扁的人从地下出来。有几年好像在等一个孩子从树上下来，后来他不见了。另外的年月我们都在等你，等你从一场一场的梦中回来。

我还是不住扭头望，有一些话语从那边飘过来，凉飕飕地钻进耳朵里。

那些话语一直悬浮在空气中，只是刚才，这伙男人的话把我的耳朵塞满了，它们一句紧接一句涌进耳朵时，我的耳孔被撑大了许多。现在他们停顿了一下，好像觉得话说远了，得往回扯。女人们的声音乘机钻进耳朵。

我的孤独在人群中

我的一根针掉到土里了，谁帮我找找。我的眼睛坏掉了，看啥都模糊。

你先在掉针的地方画个圈号住。

我画了，好像没画圆。

喂，过来，喊你呢。在这个圈圈里给我找一根针。

我拨开一层土，又拨开一层，接着往下挖，挖出一个扁扁的洞，一拃多深。

让你找针你却挖个洞。

这娃小小的就知道在地上挖洞洞。

你小的时候也一样，就喜欢用手堆土桩桩，看上去傻傻的，啥也不懂，却好像不用人教早早地啥都懂了。

男孩在地下挖许多洞洞，有圆的，有扁的，有深的，有浅的，最后他会找到一个洞洞是自己的。

女孩在地下垒许多土桩桩，有粗的有细的，有长的也有短的，最后她会认定一个自己喜欢的。

全是些过去的声音，我听出来了，那些话在空气中放凉了，不像刚说出口的话，带着热气。它们像一阵爽风刮进耳朵里，挺舒服的。

这个村庄长着二百零七只眼睛。

这么说你会认为村庄是个怪物。

它就是个怪物。你贴着地皮看过去，村庄有三千七百五十一条腿。有人的腿，牛羊的腿，鸡猫狗和驴的腿，它们永远匆匆忙忙朝不同方向移动，所以走了多少年村庄还在原地。

村庄有它自己的道路。

村庄比我们每个人走得都远。

我们留住它的唯一办法是住在村庄里。

我们给它看着天上地下的路。我们知道它每时每刻都顺着这条路逐渐地离我们而去。

我们的眼睛全是村庄的。

在它没让我们闭上之前看见的一切都是它的。

如果村庄突然凝固，用土把村庄埋掉，再用泥巴糊住，只留出人的眼睛，一只眼睛一个洞，你会看见村庄是一个朝外开着许多小窟窿的泥土堆，没有哪个方向是这堆泥土看不见的，也没有哪个角度是盲区。

你的眼睛就是其中的一对窟窿。

我们一直都把你的眼睛算上。虽然你很多年不在村庄，但你在时看见了一些事情。我们知道你看见过一个早晨。

你走掉这些年我们用二百零五只眼睛看事情。

少一双眼睛不要紧，睁一只眼闭一只眼也不要紧。

有一两个瞎子也不要紧，顶多少看见几件事。但是，要有一只眼睛把看见的藏起来带走了，那就可怕了。

这个道理不知你懂不懂，懂了就好。

你要知道村庄看见的，永远比你多得多，全面得多。

第 三 章

在人群中

月光里的贼

// 月光里的贼

那时的夜晚多长啊，眼睁睁躺在床上，上半身睡着了下半身醒来了。好不容易把下半身哄睡着，眼睛又没瞌睡了。穿衣服出去，星星和月亮，把村子照得跟白天一样，全村人都睡着了，狗也睡着了，毛驴在草棚下眯着眼睛。驴这个鬼东西，耳朵灵醒地动，听人脚步呢，眼睛却装睡眯着。半夜出来的多是干坏事的人，驴不想让人以为它看见了。它什么都没看见，睡着呢。即使有贼娃子把驴身边的羊牵走、牛牵走，驴还是眼睛眯着，只竖耳朵听。

贼不偷驴，这一点驴都知道。偷驴是这一带贼娃子的禁忌。养驴的人不一定知道，他们把毛驴子看管得比牛羊小心，喂养的比牛羊仔细，当一家人一样。其他牲口都嫉妒呢。驴也知道其他牲口嫉妒，眯着眼，装不知道。

丢驴的事偶尔发生一次。都是生手干的，不懂规矩，顺手牵驴。这样的案子很难破掉。最难抓的贼是偷一次不偷了。俗话说，贼心人人有，贼胆个别人有。有贼胆的人才能成为贼娃子。好多人只是在人生的某个阶段或瞬间，有过贼念头，但手没伸，成了一个好人。还有的人是遇到好机会了，顺手偷一把。因为以后再没这样的好机会，或者东西偷回去后悔了，心不安。从此再不干这样的事，变成一个好人。

艾布也只当了几年小偷，后来结婚有了一对儿女，就住手不偷了。但喜欢在夜里游走的毛病却一直改不掉，只要窗口有月光照进来，他的眼睛就闭不住，清醒地躺着，等身旁的妻子睡熟，隔壁房间的孩子睡熟，然后穿衣出门。他轻脚走出自己家院子时，狗都懒得理识，只有驴眼睛幽幽地看着他。驴知道他干啥去。

为啥贼不偷驴呢。一说驴和贼娃子是一伙的，驴比贼还贼。二说贼偷不动驴，人夜里偷驴时，驴知道人在偷他，眼睛看着人，拉着不走，屁股坐住朝后退。驴和人在黑暗中默默较劲。懂行的贼遇到这种情况，就不偷了，顺手牵一只羊走事。要是再强拉，驴就不给贼面子了，踢、尥蹶子、大声叫。贼自然被吓跑。

艾布也没偷过驴。羊偷回去连夜宰了，皮子杂碎埋掉，肉藏着慢慢吃。驴偷来没法处理。它不是可以吃肉的牲口，只有卖给人家使唤。买驴的人，也不买生人手里的驴。因为驴会跑回原来的主人家。卖多远驴也能跑回来。其实也卖不了多远，人不会把一头龟兹驴，骑到喀什卖掉。只要不出县，卖掉的驴迟早会找到。羊就不一样，几天找不到，就被人消化了，啥都没有了。

整个村子睡着了，总要有人醒来做些事情。月亮在喊人呢。贼一般不选择月夜里行窃，但月亮让贼睡不着。贼睡觉时手都放在被窝。贼的手一见月光就醒来，不由自主地动，整个身体跟着醒来。贼睡不着时，不会像其他人老老实实躺着，手不愿意，痒得很，身体被手牵着走进月光里。这样的月亮地，不太适合行窃，贼就在月亮下走，到一个门口，轻轻推一下，眼睛贴门缝往里望，再趴院墙上，脚踮起来探头看，看见一个好东西，看到眼睛里拔不出来，翻墙进去。结果被发现。大月亮，贼躲藏不了，只有跑。

跑的方向有几种，一是向着月亮跑，影子拖在后面，抓贼的人踩着影子追，影子就像牲口拖在后面的缰绳，贼很难跑掉，但还是要跑，跑到月上中天，影子越来越短，最后回缩到自己脚下，抓贼的人抓不到影子，就有逃脱的机会。

二是背着月亮跑，月亮在东边时人往西跑，影子在前面。捉贼的人看见自己影子已经追到贼跟前，一个月光照亮的脊背。贼低头飞跑，后面的喊声直追上来："贼，站住。站住。"贼最基本的素质是不回头，追到跟前也不回头，左手被逮住脸朝右扭，右手被逮住脸往左转，被按倒在地脸埋土里，决不让人看见脸，识了相。贼背着月亮跑时，自己的影子远远跑在前面，影子先跑掉了。贼觉得影子才是贼，自己是捉贼人。后面捉贼人的影子追上来了。贼根据前面自己影子的长度，判断后面捉贼人的远近。随着月亮升高，影子越跑越慢，渐渐地缩回来。贼跑得没劲了。捉贼人的影子也一点点缩回去，看不见。这时候就不是影子在跑，是贼和捉贼人前后跑，能不能跑掉就看腿的本事了。

三是朝南或朝北跑，往这两个方向跑影子都在人侧面，捉贼的人分成两队，一队跟着贼后面追，一队盯着贼的影子追，两队人平行追赶，追贼的一队边追边喊："贼，站住。"追影子的一队不喊，只是追。也是追到月上中天，影子越缩越短，捉贼的两队人渐渐聚拢在一起，变成一队。贼不害怕人多，人多也是每人两条腿在跑，贼害怕人群中有长腿人，跑到最后，长腿人跑到前面，把贼逮住。

// 藏身

如果没有月亮，或者月亮在远处，星星也高。追贼的人和贼都在黑暗里。贼被追累了，就地一站，站成一个木桩，有兴致再斜伸出一只胳膊，当树杈。或倒地一爬，和地融为一体。或者抱着树干，树皮一样贴在树上。没树就装牲口，跑到一头吃草的驴身边，手臂着地，装成小驴娃子，头藏在大驴肚子下。或弓腰爬在羊群中，头伸到羊肚子下。装牲口要有一两头牲口做掩护，伪装成它们中间的一头。夜晚村里到处是牲口，有的一头独站着，有的三五成群。如果没有牲口，自己伪装成一头羊，就要会学羊叫，学羊跑，学羊放屁。装成一条狗的难度大一些，人要瘦，趴在地上像狗，跑的样子也像狗。以前村里有两个贼，合伙出去偷东西，一高一低，高的在前，低的在后，肩上扛一个抬耙子把两人连在一起，不管偷了啥，都往抬耙子上一扔，两个人抬着回来，从没被捉住过。连在一起的这两个贼，能在黑夜里跑出四条腿的驴脚

我的孤独在人群中

步，人经常把它们当成驴，眼皮底下过去都认不出。

夜里发现一个贼，半村庄人都会醒来。捉贼的人一多，贼就高兴了。贼被追急了，一转身，混在捉贼的人里，跟着捉贼。有时候，贼跑在前面，大喊捉贼，半村庄人跟着贼跑。贼说，贼往东跑了。捉贼人呼啦啦朝东跑。贼喊，贼往北跑了。人们又呼啦啦朝北跑。贼比一般人跑得快，跑到后半夜，后面跟随的人越来越少，最后剩下贼，孤独地站在月亮下。

贼脱身的另一个办法是上房。房顶上过去一只猫，屋里的人都能听见。贼的脚不踩房顶，顺着墙头走，就势一蹲，蹲成一截黑烟囱。看着捉贼的人在眼皮底下瞎转。

捉贼人也有一计。喊着"不找了，贼跑了，回家睡觉了"，大家都回去了。窗户的灯灭了。村里鼾声四起。贼以为安全了，刚一露头，被一把逮住。

原来有几个人没回去，像贼一样抱着树、趴在地上、在另一个墙头蹲成半截黑烟囱，从空中到地下，都被控制住。

贼也知道捉贼人有埋伏，出来前扔一个土块探虚实。捉贼人听出一个土块落地，不上当。贼再施一计，同时扔出两个土块，这一招厉害，两个土块落地的声音就像一个人从墙头跳下来，捉贼人以为贼跳墙跑，大喊着从四面猛扑过去，贼借机逃脱。

一种计谋用一次，很快被人知道。下次用就不灵。贼在夜里想象会发生的各种危机和应对办法，偷盗时某一种情景发生了，就按事先想好的办法应对。当然，老办法也可以反复用，变着花样用，就像扔土块。贼用两个土块扔出人跳墙的声音，两个土块要同时落地，不能分开，把人跳墙的声音仿得真切，人没法不上当。除此，贼还可以用扔土块模仿人跑步的声音。扔的方法是这样，贼左右手各握几个大小不一的土块，先扔出左手的土块，紧接着扔出右手土块，左手土块落得近，右手土块落得远，大小土块落地又有时差，听着就像一个人往远处跑。捉贼人听见有人跑，就跟着追，追几步前面没声音了，黑黑的什么都没有，捉贼人突然害怕了，以为遇见鬼，转头往家里跑。

　　贼最怕倔强的人，看见贼藏在一个地方，找不见，不找了，喊亲戚邻居都起来，把这个地方围住，等天亮。贼哪敢熬到天亮，只有想办法逃出包围。硬冲肯定不行。一个办法是挖洞跑掉，但动静太大。另一个办法是点火，贼把旁边的草垛羊圈点着，围的人都过来救火，火很快扑灭了，但人的眼睛被火光一照，不适应黑夜，啥都看不见。等人的眼睛适应过来，贼早从身边溜走了。

　　贼还有最后一个办法，就是睡着。实在逃不脱，就在藏身的地方睡着。人一睡着，就没事了，梦里是另一个世界。清醒的捉贼人和昏睡的贼被一种东西隔开。有人说，梦和醒之间蒙着一层黑毡。还有人说睡是一辆车，梦是它到达的远。总之，藏在梦里是安全的。有夜里偷东西的贼，进到人家里，爬在床下等主人睡着，等着等着自己睡着了，一觉睡到大天亮，主人醒来见地上躺着一个人，打着呼噜，也只把他当作半夜走错了家门的人。

　　贼藏身的地方无非草垛、驴圈、房顶、渠沟。这里的人有一

我的孤独在人群中

个习惯，不把晚上睡在自己家草垛驴圈的人当贼，不把睡着的人当贼。即使一个贼，找着找着，发现他睡着了，也就算了，不追究了。

贼最喜欢刮风的夜晚，月亮星星藏在云里。贼大模大样行窃，不用踮脚尖走路，不用小心翼翼撬门，所有声音都是风声，风把门刮得哐哐响，把树摇得哗哗响，把路吹得呜呜响，天上的云也撞得轰隆响，天也像房塌了一样嘎巴巴响。

可是，好多夜晚没风，家家的门窗静悄悄，只有贼撬的那个门有响动，贼没办法不让门响，他只有想办法把响动藏在另外的响动里。比如，把撬门声藏在风声里。却没风。贼把撬棍别在门上等，等一个声音。贼会很巧妙地把撬门声隐藏在狗吠驴鸣中。可是狗不吠驴不鸣。夜清静得像孩子的眼睛，一眨不眨。月亮移过树梢的声音都能听见。星星眨眼的声音都能听见。驴嚼草的声音，牛倒磨（反刍）的声音都大得惊人。偶尔窗户里飘出半句梦话，鸟一样飞到空中。这样的宁静，谁都不想打破。

贼耐不住，拾一个土块朝后边人家的院子扔去。这时候若有一个醒着的人，一定能听见土块飞过空中的声音。

"腾。"土块落地声像一个人单腿跳进院子。狗猛地咬起来。后面院子狗一咬，前面院子的狗也咬起来。

狗叫声是块状的，土块一样一声一声扔出来。贼在狗叫声里隐藏脚步，狗出声时人落脚，叫下一声时落下一脚，脚步声踩着狗叫跑远。这是针对拴着的狗。要是狗追着贼的脚步咬，贼是藏不住的。贼最喜欢全村的狗都叫起来，那时候狗耳朵里只有嘈杂的狗叫，贼放心大胆偷窃。贼惹狗的另一个目的是让狗叫惹驴叫。狗一叫，驴嗓子也痒。在夜晚，一声驴叫里贼把啥事都干成了。

驴叫就像一架声音的大破车，轰轰鸣鸣响过来。又像一棵嘈杂的茂密大树，什么声音都能藏在里面。贼在驴叫声里嘎巴巴撬门，当当地砸锁，屋里人都听不见。

驴叫是红色的

// 驴叫

驴叫是红色的。全村的驴齐鸣时，村子覆盖在声音的红色拱顶里。驴叫把鸡鸣压在草垛下，把狗吠压在树荫下，把人声和牛哞压在屋檐下。狗吠是黑色的，狗在夜里对着月亮长吠，声音悠远飘忽，仿佛月亮在叫。羊咩是绿色，在羊绵长的叫声里，草木忍不住生发出翠绿嫩芽。鸡鸣是白色。鸡把天叫亮以后，就静悄悄了，除非母鸡下蛋叫一阵，公鸡踩蛋时叫一阵。人的声音不黑不白。人有时候说黑话，有时候说白话。

也有人说驴叫是紫黑色的。还有人说黑驴的叫声是黑色的，灰驴的叫声是灰色的。都是胡说。驴叫刚出口时，是紫红色，白杨树干一样直戳天空，到空中爆炸变成红色蘑菇云，然后向四面八方覆盖下来。那是最有血色的一种声音。驴叫时人的耳朵和心里都充满血，仿佛自己的另一个喉咙在叫。人没有另一个喉咙，叫不出驴叫。村里的其他人也叫不出驴叫。人的音色像杂毛狗，太碎太杂。在狗和驴耳朵里，人发出的声音最难听，但又不得不听人的。这是没办法的事情。好在还有比人更难听的声音，就是拖拉机的突突声。

拖拉机的叫声没有颜色，它是铁东西，它的皮是红色，也有绿皮的，冒出的烟是黑色。它跑起来的时候好像有生命，停下来就变成一堆死铁。拖拉机到底有没有生命，狗一直没弄清楚，驴也一直没弄清楚。

驴顶风鸣叫。驴叫能把风顶回去五里。刮西风时阿不旦全村的驴顶风鸣叫，风就刮不过村子。

驴是阿不旦声音世界里的王。驴叫尽头是王国边界，从高天到深地。

不刮风时，驴鸣王国是拱圆的，像清真寺的圆顶。驴鸣朝四面八方，拱圆地膨胀开它的声音世界。驴鸣之外一片寂静。寂静是黑色的声音，走到尽头才能听见它。

如果刮风，王国变成椭圆形，迎风的一面被吹扁，驴叫被刮回来一截子。驴脾气上来了，嘴对着风叫。风刮了千万里，高山旷野都过来了，突然在这个小村庄，碰到敢跟风对着干的家伙，风也发威了。驴叫和风声，像两头公牛在旷野上拉开架势，一个从遥远的荒野冲过来，一个从低矮的村子奔出去。两个声音对撞在一起，天地都嘎巴嘎巴响，风声的尖角断了，驴鸣的头盖碎了。但仍顶住不放，谁也不肯后退。

但在顺风一面，驴叫声传得更高更远。驴叫骑在风声上，风声像被驴鸣驯服的马，驮着驴鸣翻山越岭，到达千里万里。王国的疆域在迎风一面收缩了，在顺风面却扩展到无限。

我的孤独在人群中

下雨时驴不叫。阿不旦村很少下雨。毛驴子多的地方都没有雨。驴不喜欢雨，雨直接下到竖起的耳朵里，驴耳朵进了水，倒不出来，驴甩头，打滚，都没用，只有等太阳慢慢烘干。这时候驴会很难受，耳朵里水在响，久了里面会发炎，流黄水。驴耳朵聋了，驴便活不成。驴听不到自己的叫声，拼命叫，直到嗓子叫烂，喉咙鸣断。

所以，天上云一聚堆，驴就仰头鸣叫。驴叫把云冲散，把云块顶翻。云一翻动，就悠悠晃晃地走散。民间谚语也这么说：若要天下雨，驴嘴早闭住。

聪明的狗会借驴劲。狗不想走路了跳到驴车上，卧在主人身边。狗坐驴车驴没意见。狗若像人一样爬上驴背，驴会惊了。但狗有办法让自己的叫声爬在驴叫声上。驴叫时，狗站在驴后面，嘴朝着驴嘴的方向，驴先叫，声音起来后狗跟着叫，狗叫就爬在了驴叫上，借势蹿到半空。然后狗叫和驴叫在空中分开，狗叫落向远处，驴鸣继续往高处蹿，顶到云为止。驴跟云过不去。天上云越聚越多时，就像一群黑驴压过来。雷是天上的驴鸣。驴不敢顶雷声。打雷时驴都悄悄的。驴端挷耳朵，把雷鸣装进来，等云开天晴，驴朝天上打雷。那时从地到天，都是驴的声音，驴的世界。

驴叫就像一架声音的车，拉着村子的所有声音往天上跑，好多声音跑一截子跳下来，碎碎地散落了，只剩下驴叫孤独地往上跑，跑到驴耳朵听不到的地方。

人喊人时也借驴声。从村里往地里喊人，人喊一嗓子，声音传不到村外。人借着驴叫喊，人声就骑在驴鸣上，近处听驴叫把人声压住了，远处听驴叫是驴叫，人声是人声，一个驮着一个。

　　往远处走村庄的声音一声声丢失。鸡鸣五更天，狗吠十里地。二里外听不见羊叫，三里外听不见牛哞，人声在七里外消失，只剩下狗吠驴鸣。在远处听村庄是狗和驴的，没有人的一丝声息。更远处听狗吠也消失了，村庄是驴的。在村外河岸边听，村庄所有的声音都在。河岸离村子二里地，村里的鸡鸣狗吠驴叫和人声，还有开门关门的声音，都落在河水里哗啦啦冲走。到了夜里，河水的流淌声也全灌进人们的耳朵里。

// 狗吠

　　村子的声音像一棵模样古怪的老榆树，蹲下听到声音的主干，粗壮静默。站着听到声音的喧哗枝叶。上到房顶，听到声音的梢，飘飘忽忽，直上云中。

　　村庄的最外一层是声音，在几十里外，还看不见村子时，听到它的鸡叫、狗吠、驴鸣、人声，还有拖拉机的突突声，交织在一起，高远地包裹着村子。再走近些看见树，有白杨树、桑树、杏树、榆树、沙枣树、葡萄。进村看见土墙，有泥皮的、裸着土块的，低矮地蹲在树下面。人在土墙里面，毛驴、鸡、狗和羊，也在土墙里面。

　　趴到地上，耳朵贴地能听到声音的根。那些朝天上远处飘的

我的孤独在人群中

声音，也向地下传，不容易传下去，地太厚，声音像地气一样弥散开来，往土里走，走进去的声音被土埋掉，越埋越深。

有些声音有根，像驴叫、鸡鸣、狗吠都有根。树叶在风中的哗哗声也有根。拖拉机的声音没有根，汽车、摩托车还有喇叭里的声音也没有根。这些声音也朝天上地下传，但是没根。人的话有些有根，有些没根。没根的话不能听。听没根的话，就像吃了没盐的饭。但没根的话有时候能传很远，传得有根有据。

传入地下的声音混合在地的声音里。很少有人听到地的声音。那是一种大到无边的声音。不像狗吠，土块一样砸来。也不像鸡叫，快刀子一样割破空气。不像牛哞，一张宽厚的地毯铺过来，声声牛哞里草木开花，人做梦。也不像驴鸣，朝天上扔炸弹。地的声音永不停息，铺天盖地，没有声音。

老鼠能听到地的声音，蛇和蚂蚁也能听到。钻进地洞的人不一定能听到。人在洞里耳朵朝上，主要操心地上面的动静。土里的声音也不一定是地的声音，人钻到土里，弄出些响动，还是人的声音。地的声音太大，听不见。

狗吠时村子好像在跑，狗把叫声扔到远处，回音反过来喊村子，村子就跟着狗吠跑，一声一声的狗吠让村子跑起来，眼看村庄要跑成一条狗。这时候，驴叫起来。驴不容许村庄跟着狗叫跑，跑成狗模样。驴叫是顶天立地的柱子，把村庄牢牢固定住。驴师傅阿赫姆说，每声驴叫都是一个直立的拴驴桩，桩子上拴着房子、庄稼、牛羊和人。

驴叫时的阿不旦村，高大、宏伟、顶天立地。驴叫时村庄在天地间呈现出一头看不见的驴样子。狗吠时村庄像狗跑一样扯展身子。鸡鸣中村庄到处是窟窿和口子，鸡的尖细鸣叫在穿针引线地缝补。而牛哞的温厚棉被里村庄像一个熟睡的孩子。

好多声音描述和塑造着村庄。一片鸡鸣里的黎明村庄、黄昏牛哞中尘土包裹的村庄、被母亲喊孩子的尖细叫声拎到半空的村庄、铁匠铺的大锤小锤叮叮当当敲打着村子、满是驴蹄声的村子、大卡车轰隆隆过去拖拉机车斗哗啦啦过来的村子。人的声音低哑地穿插其中。人叫不过狗，叫不过鸡，叫不过拖拉机和汽车，更叫不过驴。

每个声音都有颜色和形状。狗叫声像土块扔过来，鸡鸣像缝补衣裳的细长针线，牛哞像宽厚被褥，男人的声音像夏天傍晚哗哗的白杨树叶声，女人的声音像春天渠边窸窣的柳叶声，恋人谈情的声音像两块橡皮糖粘贴在一起。还有拖拉机的突突突声，像一截木头硬硬地捣在空气里，摩托车声像放不完的一个长屁，自行车的铃铛声像一串白葡萄熟了，高音喇叭里的说话声像没打好的雷声，又像一棵高高的白杨树往下倒，嘎嘎巴巴响，又在哪儿卡住了，倒不下来。

鸡叫天亮，驴鸣上午，羊咩黄昏，狗吠半夜。村子的声音排列有序，雄鸡唱罢驴登台，羊咩归圈狗吠来。

狗有三种声音，发情或被人打时能发出委婉的呻吟，咬人时发出强硬叫声，半夜对着月亮发出汪汪的长吠。

我的孤独在人群中

狗师傅艾布说，狗把月亮看成了挂在树梢的一个馕，狗以为它的叫声能使天上的馕掉下来。乌普阿訇不同意，阿訇说，狗是有信仰的动物，《古兰经》里记载了一条狗和七个圣人一同皈依的故事。乌普阿訇说得对。狗在夜里的长吠像在朗诵，声音一下变得跟平时不一样。仿佛它在诵写在月亮上的诗，它朗诵给人听，给白杨树和房子听，给村外田野的麦子棉花听，给驴和羊听，也给它们自己听。

那是夜晚的狗，蹲坐在高处，仔细舔干净自己的脸、爪子，理顺好自己的毛。然后，头朝上，脖子朝上，眼睛和腰骨朝上，嘴对着月亮，汪汪地叫，月光一样干净的长吠，直达月亮。

好多人只看见白天低着头在肮脏墙根找屎吃的狗，看见为一口狗食乞声摇尾的狗，看见相互撕咬的狗，被人追打着仓皇逃窜的狗，很少有人看见夜晚昂着头超凡脱俗对着月亮"汪汪"祷告的狗。这时候的狗突然不像狗了，它从卑贱的生活中昂起头，直起腰，挺起胸脯。它的叫声悠长干净，不再为一口食一个人而叫。它在叫什么呢？

那时候人和村庄都睡着了。

大杨树

∥ 砍树

"嚓、嚓"的砍树声劈进人的脑子里。斧头在砍村里的一棵树，砍树声在劈人脑子里的一棵树。被砍的杨树有一百多岁了。一百多岁就是活老三代人的年月。老额什丁当村长的时候，这棵树中间就死掉了，只有树皮在活，死掉的树心一点点变空，里面能钻进去孩子。过了好些年，亚生当村长那时，杨树的一半死了，一半还活着。再过了些年，石油卡车开进村子，村边荒野上打出石油，杨树的另一半也死了。死了的杨树还长在那里，冬天和别的树一样，秃秃的。春天就区别开来。

为啥死树一直没砍掉。因为这棵树和买买提的名字连在一起。阿不旦村五百三十一口人，有七十三个买买提。怎么区别呢？只有给每个买买提起一个外号。大杨树底下的买买提就叫大杨树买买提。住在大渠边的买买提叫大渠买买提。家里有骡子的叫骡子买买提。没洋岗子的买买提叫光棍买买提，后来又娶了洋岗子就叫以前的光棍买买提。老早前有一个买买提去过一趟乌鲁木齐，回来老说乌鲁木齐的事，大家就把他叫乌鲁木齐买买提。

我的孤独在人群中

老杨树刚死时就有人要砍，村长亚生没同意。

"那不仅是一棵树，它和一个人的名字连在一起。只要杨树买买提活着，这棵树就不能动。"

前年杨树买买提死了，活了七十七岁。

杨树买买提的儿子艾肯找到亚生村长，要砍这棵树。

"你父亲才死，你就等不及，要把和他老人家名字连在一起的树砍掉。"

"我怕被别人砍了，树长在我们家门前，又和我爸爸名字连在一起，我们想要这棵树。"

"那你也要等两年，好让你父亲在那边住安稳了。砍树声会把他老人家吵醒的。"

今年杨树买买提的儿子又找村长。

村长说："树是公家的，要作个价。"

"那你作价吧。"

"树干空了，但做驴槽是最好的，上面两个支干可以当椽子，就定两根椽子的价，四十块钱吧。"

"有一个枝干不直，一个长得不匀称，小头细细的，当不成椽子，顶多搭个驴圈棚。"

"这么大一棵树，砍倒三个驴车拉不走，卖柴火都卖八十块钱。我看在你是大杨树买买提的儿子，就算了半价，你赶快把钱交了去砍吧，别人知道了，一百块钱都有人要。"

杨树买买提的大儿子艾肯带着自己的儿子开始砍树。父子俩，一个五十岁，一个二十五岁。两个人年龄加起来，是大杨树年龄的一半。站在杨树下，像树不经意长出的两个小木疙瘩。

砍树的声音把半村庄人招来了。

这是村里长得最老的一棵杨树，年龄不算最大，村里好多桑树、杏树，都比它年龄大得多，都活得好好的，每年结桑子结杏子。杨树啥都不结，每年长叶子落叶子，它的命到了。一棵死树看上去比所有树都老。它活着的时候，年龄没有别的树大，它一死，就是最大最老的，它都老死了，谁能比过它。

// 三个厉害东西

砍树的斧头是借库半家的钢板斧，那是村里最厉害的一把斧头，用卡车防振钢板打的，一拃半宽的刃，两拃长的斧背。遇到砍大树的活，树太粗下不了锯，都得请出这把斧头来。村里好多大树都是这把斧头放倒的。不白用，还斧头时，顺便带一截木头梢，算是礼节，就像借用了人家的驴，还回去时驴背上搭一捆青草。

除了斧头，还借来老乌普家的绳子，砍之前，艾肯把绳子一头拴在儿子的腰上，儿子爬到树半腰，快到有鸟窝的地方，把绳子绑到树上。

阿不旦村有三件厉害东西，一下用了两件。三件厉害东西除了库半家的斧头、老乌普家的绳子，还有会计家的锅。

老乌普家的绳子有几十米长，胳膊粗。据乌普自己说，是从一辆卡车上掉下来的。怎么掉下来的呢？老乌普说，他们家房后的马路上有一块黑石头，一天卡车过去的时候颠了一下，一堆绳子掉下来。有人说公路上的黑石头是乌普自己放的，石头和路一个颜色，汽车不注意，乌普天天坐在后墙根，看路上过汽车。多少年来那块石头帮他从汽车上颠下好多好东西，绳子只是其中一个。老乌普把绳子割了一大半，拿到巴扎上卖了，剩下的三十米还是村里最长最结实的。驴车拉一般的东西时，根本用不上它，只有四轮拖拉机拉麦捆子，拉干草和包苞谷秆时，能用上。乌普家没有拖拉机，那些有拖拉机的人家都没有这么长的绳子，就借乌普家的。绳子还回来时，乌普把绳子重新盘一次，盘够三十圈，打个结，挂到里屋房梁上。

会计家的大锅是大集体时给全村人做饭用的，包产到户分集体财产，铁锅作了一只羊的价。会计少要了一只羊，把大铁锅搬回家。到现在，他的大铁锅不知把多少只羊挣了回来，村里谁家结婚、割礼、丧葬，都会用他的大铁锅做抓饭，用完还锅时，最少也会端一盘子抓饭，上面摆几块好肉。好几十公斤的铁锅，将来用坏了，卖废铁也是不少一笔钱。

大铁锅配有两个铁锨一样的大锅铲，是铁匠吐迪早年打制的，做抓饭时一边站一人，用大锅铲翻里面的米和肉。

杨树买买提不在时，家里人就用这口大铁锅做的抓饭，一只大肥羊，八十公斤大米，一百公斤胡萝卜，四十公斤皮牙子，十公斤清油，锅还没装满，已经让全村人吃饱了。

// 眼睛

砍树的声音把艾肯的儿子吓住了，每砍一斧头，都像一个老人叫唤一声。儿子不敢砍了。他听到爷爷病死前的哎哟声，那个从爷爷苍老空洞的肺腔里发出的声音，跟斧头落下时杨树的叫声一模一样。爷爷就是这样哎哟吭哧叫唤了五天五夜，死掉了。

"我们不砍了吧，砍倒也没啥用处。让它长着去吧。"儿子说。

"我们钱都交了。"父亲艾肯说。

半村人围到大杨树旁，帮忙砍的人也多，那些年轻人、中年人，都想挽了袖子露两下。尤其用的是库半家的大板斧，好多人没机会摸它呢。砍树变成抢斧头表演，等到人们都过完砍树的瘾，剩下的就是父子俩人的活了。

几个老头坐在墙根远远看，看见自己的孩子围过去，喊过来骂一顿，撵回去。老人说，老树不能动，树过了一百年，死活都成精了。和爷爷一起长大的树，都是树爷爷。杨树六年成椽子，二十年当檩子，杨树就这两个用处。锯成板子做家具不行，不结实，会走形。过三十年四十年，杨树里面就空了。一棵爷爷栽的杨树，父亲没砍，孙子就不再动了。父亲在儿子出生后，给他栽一些树，长到二十几岁结婚时，刚好做檩子，盖新房，娶媳妇。父亲栽的树儿子不会全用完，留下一两棵，长到孙子长大。一棵树要长到足够大，就一直长下去，长到老死。死了也一样长着，给鸟落脚、筑窝。砍倒只能当烧柴，或者扔到墙根，没人管朽掉。还不如让树长着，长着也不占地方。

// 树耳

大杨树五十岁时，树心朽了，那时杨树就不想活了。一棵树心死了是什么滋味，人哪能知道，树从最里面的年轮一圈一圈往外朽、坏死。朽掉的木渣被蚂蚁搬出来，冬天风刮进树心里，透心寒。玩耍的孩子钻进树心，让空心越来越大。树一开始心疼自己朽掉的树心，后来朽的没心了，不知道心疼了。树也不想死和活的事。树活不好也没办法死，树不会走，不像人，不想活了走到河边跳进去。大杨树旁边的院子就有一口井，树走不过去，走过去也跳不进去，跳进去也淹不死。树也不能走到公路上让车碰死。车疯跑过来碰过树，开车的人死了，树没死，碰掉一块皮。树上也打过农药，药死的全是虫子。多半虫子是树喜欢的，离不开的，都药死了。树闭住眼睛，半死不活地又过了几十年，有些年长没长叶子，树都忘了。

早年树上有鸟窝。住着两只黑鸟。叫声失惊倒怪的，啊啊地叫，像很夸张的诗人。树在鸟的啊啊声里长个子、生叶子，后来树停住生长了，只是活着，高处的树梢死了，有的树枝也死了，没死的树枝勉强长些叶子，不到秋天早早落光。鸟看树不行了，也早早搬家。鸟知道树一死，人就会砍倒树。

树上蚂蚁比以前多了，蚂蚁排着队，爬到树梢，翻过去，又从另一边回来。蚂蚁在树干上练习队形。蚂蚁不需要找食吃，树就是蚂蚁的食物。蚂蚁把朽了的树心吃了，耐心等着树干朽掉。蚂蚁从朽死的树根钻到地下，又从朽空的树干钻到半空中。

鸟落在树上吃蚂蚁。蚂蚁不害怕，鸟站在蚂蚁的长队旁，捡肥大的蚂蚁吃，一口叼一个，有时一口两个三个。蚂蚁管都不管，队形不乱，一个被叼走，下一个马上补上，蚂蚁知道鸟吃不光自己，蚂蚁的队伍长着呢，从树根到树梢，又从树梢连到树根，川流不息。

大杨树有三条主根，朝南的一条先死了，朝北的一条跟着死了。剩下朝西的一条根。那时候树干的多一半已经枯死，剩余的勉强活了两年也死了。朝西的树根不知道外面的树干死了。树干也不知道自己死了，还像以前一样站着，它浑身都是开裂的耳朵，却没有一只眼睛。它看不见。

有几个夏天，它听到头顶周围的树叶声，以为是自己的叶子在响。它要有一只眼睛，朝上看一下，也知道自己死了。可是，它没有眼睛，所有开裂的口子都变成耳朵。它是一棵闭住眼睛倾听的树。一百年来村里的所有声音它都听见了，却没有听到自己的死亡。树的死亡没有声音。人死了有声音，亲人在哭，人死前自己也哭。树下的杨树买买提临死前就经常在夜里哭，哭声只有大白杨树听见。哭是这个人最后能做的一点事情，他放开在哭，眼泪敞开流，泪哭干，嗓子哭哑的时候，气断了，眼睛知道气断了，惊愕地瞪了一下，闭上了。树听到那个人闭眼睛的声音，房顶塌下来一样。

树的耳朵里村子的声音一点没少，它一直以为自己还活着。直到斧头砍在身上，它的根和枝干都发出空洞的回声，树才知道自己死了，啥时候死的它不知道。树埋怨自己浑身的耳朵，一棵树长这么多耳朵有啥用，连自己的死亡都听不见。

// 斧头

长到能当椽子时，树就感到命到头了。好多和自己一起长大的树，都被砍了，树天天等着挨斧头。树长到胳膊粗那年挨过一次斧头。那是一个刮风的夜晚，有人朝它的根上砍了一斧头，可能天黑，砍偏了，只有斧刃的斜尖砍进树干，树哎呦一声，砍树的人停住了，手在树干上下摸了摸，又在旁边的树上摸了一阵，几十斧头把旁边一棵树放倒，枝叶和树梢砍掉，扛着一截木头走了。

从那时起树就心惊胆战地活着。长到檩子粗那年，村里盖库房，要选三棵能当檩条的树，几个人扛着斧头在林带里转，这棵树瞅瞅，那棵树上摸摸。开始砍了，杨树听见不远处一棵树被砍倒，接着砍挨着自己的一棵，那棵树朝自己倒过来，杨树把它抱在怀里，没抱牢，树朝一边倒过去，杨树的几个枝被它拉断。接着一个人提着斧头上下端详自己，头仰得高高，就在这时，一只鸟落到树梢，拉下一滴鸟屎，正好落在那人眼中。那人揉着眼睛转了几圈，觉得倒霉，提起斧头走向另一棵树。

躲过这一劫，树知道自己又能活些年月。树长过当椽子的程度，就只有往檩子奔了。不然二不跨五，当椽子粗当檩子细，啥材都不成。从椽子长到檩子，十几年。这期间村里好多树砍了，树天天等着人来砍它。它旁边的一棵砍倒了，就要轮到它了，不知怎么没人砍了。那一茬杨树里，它独独活下了。树记得它长到檩子粗时，树下人家的主人被人叫了大杨树买买提。自己有幸活下来，是否跟这个人有关系呢。

树不害怕死是在树长空心以后。树觉得死就在树的身体里，跟树在一起。树像抱一个孩子一样，把死亡的树心包裹着。

后来死亡越来越大，包不住了，死亡把树干撑开，蚂蚁进来了，虫子进来了，风刮进来雨淋进来。树中间变成一个空洞。死亡朝更高的树心走，走到一个断茬处，和天空走通了，那时树只剩一半活着。活着的一半，抱着死了的一半。活着的树皮每年都向死去的半个枯树干上包裹，就像母亲把衣服向怀里的孩子身上包裹。

这时树听到地下的凿空声。

大杨树朝东的主根先感到了地的震动，听到地下的挖掘声，接着朝北的主根也听到了，它们屏住气听着。下面的挖掘声让树害怕。根感到地下不稳了，东边的末梢根须感到震动就在不远处，好像几个很大的动物在打洞，听到一条凿空的洞，从树根斜下方穿过去。

树一直以为地下是安全的，树长多高，根伸多长。根是树投在地下的影子，树是根做在地上的一个梦。根能看见枝干的样子，根朝南伸展的时候，上面的一个枝也向南生长，树的样子是根设计出来的。风也改变树的样子。风把树刮歪时，根知不知道树歪了。也许不知道。人砍掉一个枝杈根肯定感到疼痛。根以为只要自己在地下扎稳了，树就没事。多少树根在地下扎稳时，树被人砍了，根留在土里。树听到根下的挖掘声时，树恐惧了。

树知道自己死去的时候，心里的所有东西，一下全放下了。

他们砍它时它数着砍伐的声音，数着数着睡着了，倏忽又醒来，未及睁眼，又滑入另一个梦里。这个更加漫长的梦里它的名字是木头，舒舒展展地躺在地上，像一个活干完的人。木头的耳朵比树多了好多倍，它依旧只会听，看不见。它听到的东西比以前更多更仔细。

// 树倒了

树在太阳偏西时被砍倒。整个白天像一棵树，缓缓朝西斜倒下去。大杨树向东倒去。

　　砍到剩下树心，大杨树像醉汉一样摇晃了，人都闪开。十几个人拉起拴在树上的绳子。给树选择的倒地方向是东方，那是条路，压不到东西。拉绳子的人似乎没使出多少劲，树就朝东边倒过去。

　　树倒了。树倒地的声音像天塌了一样，先是"嘎巴嘎巴"响，树在骨折筋断声中缓缓倾斜，天空随着树倾斜，西斜的太阳也被拉回来，树倒去的方向人纷纷跑开，狗跑开，鸡和牛跑开，蚂蚁不跑，大树压不死小蚂蚁。

　　树倒了，"腾"一声巨响。树从天空带下一场大风，地上的树叶尘土升腾起来，升到树梢高，惊愕地看着地上发生的事。孩子在树的倒地声里一阵惊呼。一群麻雀在旁边的树上尖叫。大人面无表情。树躺倒在地上，那么高的一棵树，倒在地上却不显得长。地上比它长的东西太多，路就比它长。孩子呼叫着围上去，抢折树梢上的枝条，那些他们经常仰天望见，从没有爬上去摸见的树梢，现在倒在尘土里。

　　树倒了。老额什丁仰头望着树刚才站立的地方，空荡荡的，大杨树把这片天空占了上百年，现在腾出来了。

　　树倒了。狗跑过来嗅嗅树枝上的大鸟巢，空空的，有鸟的味道。树没倒的时候，狗经常仰头看一对大鸟在树梢的巢里起落。有时夜晚的月亮停在树梢鸟巢边，像一张脸，静静望着巢里的鸟蛋，望着刚出壳的小鸟。狗对着月亮的吠叫突然停住。

　　树倒了。砍树时树上的鸟早就散了。鸟在天空听见树叫。树

我的孤独在人群中

的叫声有一百个树那么高，那是一棵声音的大树，刺破天空，穿透大地。

树倒下的地方几天后死了一只鸟，眼睛出血。一只比麻雀稍大的灰鸟。艾肯说，灰鸟经常晚上在大杨树上落脚，它借以前那两只大黑鸟的巢在树上落脚。可能灰鸟晚上过来，以为树梢还在那里，脚一伸，落空了，一头栽下来摔死了。也可能鸟也老了，想落到老杨树上，看见树没了，鸟不想再往别处飞，鸟闭住眼睛，伸直腿，翅膀收起，往下落，最后重重地落在大杨树的断根上。

托包克游戏

吐尼亚孜给我讲过一种他年轻时玩的游戏——托包克。游戏流传久远而广泛，不但青年人玩，中年人、老年人也在玩。因为游戏的期限短则二三年，长则几十年，一旦玩起来，就无法再停住。有人一辈子被一场游戏追逐，到老都不能脱身。

托包克游戏的道具是羊腿关节处的一块骨头，叫羊髀矢，像色子一样有六个不同的面，常见的玩法是打髀矢，两人、多人都可玩。两人玩时，你把髀矢立在地上，我抛髀矢去打，打出去三脚远这块髀便归我。打不上或没打出三脚，我就把髀矢立在地上让你打，轮回往复。从童年到青年，几乎每个人都拥有过一书包各式各样的羊髀矢，染成红色或蓝色，刻上字。到后来又都输得精光，或丢得一个不剩。

另一种玩法跟掷色子差不多。一个或几个髀矢同时撒出去，看落地的面和组合，髀矢主要的四个面分为窝窝、背背、香九、臭九，组合好的一方赢。早先好赌的人牵着羊去赌髀矢，围一圈人，每人手里牵着根绳子，羊跟在屁股后面，也伸进头去看。几块羊腿上的骨头，在场子里抛来滚去，一会儿工夫，有人输了，手里

我的孤独在人群中

的羊成了别人的。

托包克的玩法就像打髀矢的某个瞬间被无限延长、放慢，一块抛出去的羊髀矢，在时间岁月中飞行，一会儿窝窝背背，一会儿臭九香九，那些变幻人很难看清。

吐尼亚孜说他玩托包克，输掉了五十多只羊。吐尼亚孜是库车城里有点名气的铜匠兼木卡姆歌手，常受邀演出木卡姆，也接触过上层社会里一些有脑子的人。他的托包克游戏，便是跟一个有脑子的人一起玩的。在他们约定的四十年时间里，那个跟他玩托包克的人，只给了他一小块羊骨头，便从他手里牵走了五十多只羊。

真是小心翼翼、紧张却有趣的四十年。一块别人的羊髀矢，藏在自己腰包里，要藏好了，不能丢失，不能放到别处。给你髀矢的人一直暗暗盯着你，稍一疏忽，那个人就会突然站在你面前，伸出手：拿出我的羊髀矢。你若拿不出来，你的一只羊就成了他的。若从身上摸出来，你就赢他的一只羊。

托包克的玩法其实就这样简单。一般两人玩，请一个证人，商量好，我的一块羊髀矢，刻上记号交给你。在约定的时间内，我什么时候要，你都得赶快从身上拿出来，拿不出来，你就输，拿出来，我就输。

关键是游戏的时间。有的定两三年，有的定一二十年，还有定五六十年的。在这段漫长的相当于一个人半生甚至一生的时间里，托包克游戏可以没完没了地玩下去。

　　吐尼亚孜说他遇到真正玩托包克的高手了，要不输不了这么多。

　　第一只羊是他们定好协议的第三天输掉的，他下到库车河洗澡，那个人游到河中间，伸出手要他的羊髀矢。

　　输第二只羊是他去草湖割苇子。那时他已有了经验，在髀矢上系根皮条，拴在脚脖上。一来迷惑对方，使他看不见髀矢时，贸然地伸手来要，二来下河游泳也不会离身。去草湖割苇子要四五天，吐尼亚孜担心髀矢丢掉，便解下来放在房子里，天没亮就赶着驴车去草湖了。回来的时候，他计算好到天黑再进城，应该没有问题。可是，第三天中午，那个人骑着毛驴，在一人多深的苇丛里找到了他，问他要那块羊髀矢。

　　第三只羊咋输的他已记不清了。输了几只之后，他就想方设法要赢回来，故意露些破绽，让对方上当。他也赢过那人两只羊，当那人伸手时，他很快拿出了羊髀矢。可是，随着时间推移，吐尼亚孜从青年步入中年。有时他想停止这个游戏，又心疼输掉的那些羊，老想着扳本儿。况且，没有对方的同意，你根本就无法擅自终止，除非你再拿出几只羊来，承认你输了。有时吐尼亚孜也不再把年轻时随便玩的这场游戏当回事儿了，甚至一段时间，那块羊髀矢放哪了他都想不起来。结果，在连续输掉几只肥羊后，他又在家里的某角落找到了那块羊髀矢，并且钻了个孔，用一根细铁链牢牢拴在裤腰带上。吐尼亚孜从那时才清楚地认识到，那

我的孤独在人群中

个人可是认认真真在跟他玩托包克。尽管两个人的青年已过去，中年又快过去，那个人可从没半点儿跟他开玩笑的意思。

有一段时间，那个人好像装得不当回事儿了。见了吐尼亚孜再不提托包克的事，有意把话扯得很远，似乎他已忘了曾经给过吐尼亚孜一块羊髀矢。吐尼亚孜知道那人又在耍诡计，麻痹自己。他也将计就计，髀矢藏在身上的隐秘处，见了那人若无其事。有时还故意装得心虚紧张的样子，就等那人伸出手来，向他要羊髀矢。

那人似乎真的遗忘了，一年、两年、三年过去了，都没向他提过羊髀矢的事，吐尼亚孜都有点绝望了。要是那人一直沉默下去，他输掉的几十只羊，就再没机会赢回来了。

那时库车城里已不太兴托包克游戏。不知道小一辈人在玩什么，他们手上很少看见羊髀矢，宰羊时也不见有人围着抢要那块腿骨，它和羊的其他骨头一样随手扔到该扔的地方。扑克牌和汉族人的麻将成了一些人的热手爱好，打托拉斯、跑得快、诈金花，看不吃自摸和。托包克成了一种不登场面的隐秘游戏。只有在已成年或正老去的一两代人中，这种古老的玩法还在继续。磨得发亮的羊髀矢在一些人身上隐藏不露。在更偏远的农牧区，靠近塔里木河边的那些小村落里，还有一些孩子在玩这种游戏，一玩一辈子，那种快乐和担惊受怕我们无法体会。

随着年老体弱，吐尼亚孜的生活越来越不好过，儿子长大了，没地方去挣钱，还跟没长大一样需要他养活。而他自己，除了偶尔被人请去唱一场木卡姆，给个小红包，再就是花一礼拜时间打一只铜壶，卖几十块钱，也再没挣钱的地方了。

这时他就常想起输掉的那几十只羊，要是不输掉，养到现在，也一大群了。想起跟他玩托包克的那个人，因为赢去的那些羊，他已经过上好日子，整天穿戴整齐，出入上层场所，已经很少走进这些老街区，来看以前的朋友了。

有时吐尼亚孜真想去找到那个人，向他说，求求你了，快向我要你的羊髀矢吧，但又觉得不合时宜。人家也许真的把这件早年游戏忘记了，而吐尼亚孜又不舍得丢掉那块羊髀矢，他总幻想着那人还会向他伸出手来。

吐尼亚孜和那个人长达四十年的托包克游戏，在一年前的秋天终于到期了。那个人带着他们当时的证人，一个已经胡子花白的老汉来到他家里，那是他们少年时的同伴，为他们作证时还是嘴上没毛，十六七岁的小伙子。三个人回忆了一番当年的往事，证人说了几句公证话，这场游戏嘛就算吐尼亚孜输了。不过，玩嘛，不要当回事，想再玩还可以再定规矩重新开始。

吐尼亚孜也觉得无所谓了。玩嘛，什么东西玩几十年也要花些钱，没有白玩儿的事情。那人要回自己的羊髀矢，吐尼亚孜从腰带上解下来，那块羊髀矢已经被他玩磨得像玉石一样光泽。他都有点舍不得给他，但还是给了。那人请他们吃了一顿抓饭烤包子，算是对这场游戏圆满结束的庆祝。

我的孤独在人群中

为啥没说出这个人的名字，吐尼亚孜说，他考虑到这个人就在老城里，年轻时很穷，现在是个有头面的人物，光羊就有几百只，雇人在塔里木河边的草湖放牧。而且，他还在玩着托包克游戏，同时跟好几个人玩。在他童年结束，刚进入青年的那会儿，他将五六块刻有自己名字的羊髀矢，给了城里的五六个人，他同时还接收了别人的两块羊髀矢。游戏的时间有长有短，最长的定了六十年，到现在才玩到一半。对于那个人，吐尼亚孜说，每块羊髀矢都是他放出去的一群羊，它们迟早会全归到自己的羊圈里。

在这座老城，某个人和某个人，还在玩着这种漫长古老的游戏，别的人并不知道。他们衣裤的小口袋里，藏着一块有年有月的羊髀矢。在他们年轻不太懂事的年龄，凭着一时半会儿的冲动，随便捡一块羊髀矢，刻上名字，就交给了别人。或者不当回事地接收了别人的一块髀矢，一场游戏便开始了，谁都不知道游戏会玩到什么程度。青年结束了，游戏还在继续。中年结束了，游戏还在继续。

生活把一同长大的人们分开，各奔东西，做着完全不同的事。一些早年的伙伴，早忘了名字相貌。青年过去，中年过去，生活被一段一段地埋在遗忘里。直到有一天，一个人从远处回来，找到你，要一块刻有他名字的羊髀矢，你怎么也想不起来，他提到的证人几年前便已去世。他说的几十年前那个秋天，你们在大桑树下的约定仿佛是一个跟自己毫无关系的故事。你在记忆中找不到那个秋天，找不到那棵大桑树，也找不到眼前这个人的影子，你对他提出的给一只羊的事更是坚决不答应。那个人只好起身走了。离开前给你留了一句话：哎，朋友，你是个赖皮，亲口说过的事情都不承认。

你的自尊心受到了伤害。白天心神不宁，晚上睡不着觉，整夜整夜地回忆往事。过去的岁月多么辽阔啊，你差不多把一生都过掉了，它们埋在黑暗中，你很少走回来看看。你带走太阳，让自己的过去陷入黑暗，好在回忆能将这一切照亮。你一步步返回的时候，那里的生活一片片地复活了。终于，有一个时刻，你看见那棵大桑树，看见你们三个人，十几岁的样子，看见一块羊髀矢，被你接在手里。一切都清清楚楚了。你为自己的遗忘羞愧、无脸见人。

第二天，你早早地起来，牵一只羊，给那个人送过去。可是，那人已经走了。他生活在他乡远地，他对库车的全部怀念和记忆，或许都系在一块童年的羊髀矢上，你把他一生的念想全丢掉了。

还有什么被遗忘在成长中了，在我们不断扔掉的那些东西上，带着谁的念想，和比一只羊更贵重的誓言承诺。生活太漫长，托包克游戏在考验着人们日渐衰退的记忆。现在，这种游戏本身也快被人遗忘了。

我的孤独在人群中

五千个买买提

巴扎日，站在库车河大桥上喊一声买买提，至少有五千个人答应。

维吾尔族人重名多。无论走到南疆哪座城镇、哪个乡村，都有许多叫库尔班、司马义、玉素甫这些名字的人。

叫买买提的人就更多了。

库车老城短短的一条小街上，就有几十个做生意的买买提。这么多买买提怎么区分呢。我的维吾尔语翻译库尔班·买买提是县政府退休干部，他父亲就叫买买提。维吾尔族人的起名习惯是把父亲的名字缀在后面。库尔班在库车工作生活了几十年，他认识的买买提就有上千个。一天我们转累了，在老城街边的"买买提饭馆"吃烤包子，然后就听他讲起有关买买提的故事。

这家饭馆的老板就叫买买提，你看，脖子上搭块毛巾，又黑又壮的那个，人们叫他"喀拉买买提"，意思是"黑买买提"。那个倒茶的伙计，白白胖胖的，都叫他"阿克买买提"（白买买提）。

街对面那两个卖馕的买买提，一大一小，大的叫"琼买买提"（大买买提），小的叫"克齐克买买提"（小买买提）。大家都这样叫，他们也就接受了。要不然没办法，叫一个买买提，过来一群。

还有按职业来区分的。街南边，那个小巷子里打铁的买买提叫"铁匠买买提"。整天穿着制服，在街上收税的买买提叫"工商局的买买提"。斜对过的市场里，一排坐着五个鞋匠，其中有两个买买提。如果都叫"鞋匠买买提"，便又分不清了。正好一个从轮台来的，轮台的补鞋生意全叫内地来的鞋匠抢了，他只好跑到库车。库车老城的鞋匠全是维吾尔族人，他们牢牢占据着墙根街角的有利位置，靠一毛钱两毛钱的小生意维持生计。人们叫他"买买提比古勒"（轮台的买买提）。

更多的是以外号来区分，这条街上几乎每个人都有外号。

街那头，拐过去那条小巷子里，有个做驴拥子的买买提，有名的酒鬼，做一个驴拥子，能喝掉两瓶酒。他的驴拥子顶多能换回酒钱。所以，做了大半辈子皮活儿，还是个穷光蛋。

他做驴拥子时，酒瓶子酒碗放在身边，缝几针，喝一口。一拃长的大铁针，穿上鞋带一般粗的皮条线，针用得发烫了就伸进酒碗里蘸一下。买他的驴拥子根本不用看，鼻子凑上去闻一下，一股酒香气，压过皮子的膻臊味。这样的拥子驴也爱戴，人自然喜欢买。有趣的是，买买提酒喝得越多，皮活儿做得越细。两瓶酒下肚，身子不晃，手不抖，针脚走得又匀又细，驴拥子上的酒香味也更足。人们给他的外号叫"肖旁"（酿酒房）——买买提肖旁。

还有一个买买提，整天没事干，在街上闲转，看哪家饭馆哪

我的孤独在人群中

个烤肉摊上有认识的人，就凑上去白吃白喝。人们都叫他"哈勒达"（口袋）。

另外一个爱混饭吃的买买提，混了一个"波劳"（抓饭）的外号。他的真名都没人叫了。

早几年，街上有个卖烤肉的买买提，每逢巴扎日，他的烤肉摊前便摆满卖衣服杂货的地摊。他发现有个卖"卡拉西"（套鞋）的，生意特好，他卖十串烤羊肉，人家就卖两三双套鞋，他过去一打问，人家卖一双套鞋挣的钱，比他卖十串烤肉的利润还高。买买提一下子动心了，烤肉炉子停掉，租了辆卡车，从乌鲁木齐贩了一车"卡拉西"，堆在烤肉炉子旁叫卖。

当地的维吾尔族人喜欢在鞋或靴子外套一双鞋，主要为了保护皮靴子。套鞋多用橡胶制作，一种圆头的叫"玉德克卡拉西"，套在马靴或皮鞋外面穿。一种尖头的叫"买赛卡拉西"，套在较体面的软底皮靴上，多为老年人和阿訇穿。伊斯兰教徒到清真寺做礼拜，要脱鞋才能进大殿。如果穿高勒皮鞋，外面套套鞋，只需脱掉套鞋便可进入，没穿套鞋的则要全部脱掉。

到维吾尔族人家做客，有穿鞋上炕的习惯，光脚上炕被认为是不礼貌。炕上铺地毯或花毡，穿鞋上去很容易弄脏。所以，有了套鞋便方便了，上炕只需脱掉套鞋就可以了。

那些土巷土路上行走的维吾尔族人，雨天蹚泥，晴天蹚土，幸亏有一双套鞋护着鞋子。维吾尔族人爱惜自己的鞋子，一双好皮靴穿半辈子，套鞋磨破一双又一双，皮靴的底还好好的，跟新的一样。

买买提的那一车套鞋却把自己套了进去，他进价太高，没人要。嗓子都叫哑了，也没卖掉几双。全库车人都知道这条街上有个卖烤肉的买买提，卸了一大车卡拉西在卖，却没人过来买一双，人们给他起了个外号，叫"卡拉西"（套鞋）。尽管他现在早不卖套鞋，又架起炉子卖烤肉了，人们还这样叫他，恐怕要叫一辈子。

还有一些买买提，名字后面缀上自己妻子的名字，就像买买提·阿依古丽，买买提·热依汗。都是些没名气的买买提，一没特长，二没缺陷，不好区别。妻子的名声都比他大，只好把妻子的名字带上，不然就混到千万个买买提中找不见了。

女人的重名更多。库车四十万人，二十万女人，大概有十万个"古丽"（花朵）。要区分起来，比买买提更复杂，也更有意思。好在我们一辈子认识不了多少个古丽，那些千姿百态争芳斗妍的古丽，见一面就能记住，有多少也不会忘记。

我的孤独在人群中

逛巴扎

库车的万人巴扎（集市）许多年前便在全疆闻名。每逢周五，千万辆毛驴车从远近村镇拥向老城。田地里没人了，村子里空掉了，全库车的人和物产集中到老城街道上。街上盛不下，拥到河滩上。库车河水早被挤到河床边一条小渠沟里，人成了汹涌澎湃的潮水，每个巴扎日都把宽阔的河滩挤满。

库车四万头毛驴，有三万头在老城巴扎上，一万头奔走在赶巴扎的路上。一辆驴车就是一个家、一个货摊子。男人坐在辕上赶车，女人、孩子、货物，全在车厢上。车挨车、车挤车，驴头碰驴头，买卖都在车上做。

库车县每星期有七个大巴扎。周五老城巴扎，周六东河塘巴扎，周日牙哈乡巴扎，周一玉奇乌斯坦巴扎，周二阿拉哈格巴扎，周三齐满乡巴扎，周四哈尼哈塘木巴扎，周五又转回老城。

库车的物产，大多半就装在那些毛驴车上，不停地在全县转。从一个乡到另一个乡，从一个巴扎到另一个巴扎，把驴蹄子都跑短了。

一筐半生西红柿，转遍七个巴扎回来，就彻底红透了。价格却由原先每斤一块掉到七毛。

半麻袋黄瓜，转上三个巴扎卖不完，剩下的只能喂驴了。

熟透的杏子，一两个巴扎卖不出去，就全烂在筐里。一大早摘的无花果，卖到中午便不能看了。越鲜美的东西就越难留住。

最禁卖的是那些干货：葡萄干、杏干、无花果干，还有麦子、苞米、枣、巴坦木。能从一个巴扎到另一个巴扎，无限期地卖下去。今年的新杏干已经上货，去年前年的旧杏干，还剩在谁手里，摊开、收起、再摊开。

在老城的贫穷日子里，总有一些食物富余到来年卖不出去。想吃它的人没钱，把一口食欲压抑到明年。有钱的人早吃够了。去年冬天，谁的嘴里没嚼上一口酸甜杏干，今年夏天他是不是补上了。

那些各种各样的干果，在轮回的转卖中，在库车特有的烈日和尘土下，渐渐有了一种古旧的色泽，它更耐看了。只是，它的甜不知还在不在里面。一年年的尘土落在上面，却看不见。仿佛那些尘土被它吸收，成了它的一部分。在老城那些世代相传的买卖人手里，有没有半筐一千年前的杏干，一直卖到今天。

我有幸一次次地走进老城巴扎。我不买什么东西，也没啥要卖的。我和那些喜欢逛巴扎的维吾尔族人一样，只是逛一种闲情。看哪儿人多，热闹，就凑过去。

并不是每个人上巴扎都做生意。

我的孤独在人群中

每个巴扎都是一个盛大节日。

女人在巴扎上主要为了展示自己的服饰和美丽，买东西只是个小小的借口。女人买东西，一个摊位一个摊位地挑，从街这头到那头，穿过整个巴扎，再转回来，手里才拿着一点点东西。

年轻小伙上巴扎主要看漂亮女人。

没事干的男人，希望在巴扎上碰到一个熟人，握握手，停下来聊半天。再往前走，又遇到一个熟人，再聊半天，一天就过去了。聊高兴时说不定被拉到酒馆里，吃喝一顿。

我到巴扎上什么都看，什么声音都听，遇到新鲜事情就蹲下来仔细打问。我觉得，我比那些在巴扎上收税的戴大盖帽的税务员，更了解这些做小买卖的。一次，我看见几个税务员，从一位卖奥斯曼草的妇女手里，收了三块钱的工商税。最后，那个妇女收拾起卖剩的几小束奥斯曼草，哭着回家去了。

我不知道那个妇女的家庭，不知道那三块钱对她意味着什么。但我清楚，那些卖奥斯曼草的妇女，一天都挣不了三块钱。

当然，巴扎上更多的是热闹，是有意思的事情，我随便写了几件，有兴趣你就看看。就像公驴上巴扎主要不为拉车而是为了看年轻母驴，谁在巴扎上都有自己的兴趣，别人并不十分清楚。

// 最小的生意

早晨，我走过沙依巴克街时，看见一位维吾尔族妇女，面前摆着几小把奥斯曼在卖，几个年轻女人围着挑选，已经卖出去一把，收回来五毛钱。我数了数，她总共有七小把奥斯曼，全卖完能收入三块五毛钱，其中的本钱是多少我就不知道了，或许是她自己种的，或许是两三毛钱一把从别处批发的，守一天卖掉，挣一块多钱。

这还不是最小的生意。离她不远，另一位妇女，面前摆着拇指粗细的七八把香菜，一把卖两毛钱，菜叶上洒了水，绿莹莹的。看装束是城里妇女，或许从赶集的农民那里，四毛钱买来一把香菜，再分成更小的七八把，摆在街上卖。

下午我转过来时，见她面前还摆两小把香菜，叶子已经蔫了，看样子卖不掉了。街上人已经不多，她挪动着身子，像有收拾回家的意思，又抱着一点点希望，等着朝这边走来的几个人。

我大概算了算，她这笔买卖，除掉本钱，最多挣八毛钱，还赚了两小把香菜，够晚上做羊肉揪片子用了。可是，她家里有羊肉吗？

还有一个卖针线的小女孩，几十根不同大小的针，插在一顶小花帽上，每根针上穿一截不同颜色的线。一根针卖几分钱，一根一根地卖。

我离开巴扎时，看见那个抱了一只歪葫芦，卖一天没卖掉的老汉还坐在墙根。他看上去表情安静，目光平和地望着街上渐渐散去的人，又像望着更远处我不知道的什么地方。他的歪葫芦在夕阳下发着红色艾德莱斯绸的光泽。我知道这种老式葫芦，已经很少见了，知道它香甜味道的人也可能不多了。

明天后天，这只葫芦和这个老汉，还会出现在周边乡镇的巴扎上。下一个礼拜五，说不定他又转回来，坐在这个墙根，还抱着那只歪葫芦。

我没上前去问那只葫芦的价格。我知道不会太贵，三块两块，就买来了。或许多少钱他都不卖呢。

// 老式瓜菜

在沙依巴克街的瓜菜市场上，老式的西红柿、甜瓜、土毛桃，矮小的芹菜、萝卜，一筐一筐摆在那里。几十年前我们吃过的那些未经"改良"的瓜菜，几乎都能在这里找到。我看到一位农民，筐里放着几个又小又难看的甜瓜。我觉得眼熟，问名字，"克克奇"。我小时自家的菜园里就种过这种叫克克奇的小甜瓜，秧扯得不长，瓜也小小的，一棵秧上结三四个。奇甜，还有一种很浓郁的特殊香味。

那时候，在一些人家的小菜园里，总有几样别人家没有的稀罕瓜菜。都是些老品种，靠主人一年年地传种下来。我们家的克克奇，就是母亲每年拣最甜最饱满的瓜留下种子，在窗台上晾干，来年再种，可是后来就再见不到了。我们都不知道是哪一年忘记种了。那种特殊的香甜味，从我们的生活中消失的时候，竟都没有被察觉。

库车这块土地上是否还遗留着一座人类古老的菜园子，我们喜爱的那些在别处早已绝迹的老式瓜果蔬菜全长在那里。

但我知道，那些珍贵的种子，只保存在个别一些农人手里。他们喜爱那些土瓜果，每年在自家菜园种几棵，产量不高，果实也不大，卖不了几个钱。只是自己喜欢那种味道，就一年年地种了下来。如果有一年他们忘记种了，或者，他们仅有的几颗种子叫老鼠偷吃了，一种作物便会从这片土地上消失。

我们培育改良的又大又好看的瓜果长满大地。它们高产，生长期短，适合卖钱，却不适合人吃，它把人最喜爱的那些味道弄丢掉了。改良的结果是，人最终会厌恶土地，它再也长不出人爱吃的东西。

事实就是这样，我们改良成功一种物种，老品种便消失了。没有谁负责为那些老品种留下样种，到最后，我们都不知道人类最初吃的是什么样的东西。

如果改良错了，路走绝了，我们从哪里重新开始。

当年政府用高大的关中驴改良库车小毛驴时，就是因为有许多驴户抵制，许多母驴自发反抗，跑到庄稼地和草湖躲藏起来，才会有可爱的库车毛驴保留到今天。

但作物不会躲藏，它们只有消失，永远消失。

我的孤独在人群中

// 坎土曼的卖法

那些摆在街边待卖的坎土曼，就像维吾尔族人的脸，刃部跟他们的下巴一样尖长。每一只一个样子，整整齐齐摆着。这只被买走了，那只依旧静静待着。它们似乎早就知道自己最终在哪块地里挖卷刃子，所以一点不着急。

卖坎土曼的老人也早知道了自己的命运，他更不着急。坐在摆放整齐的坎土曼后面，双眼微眯。他不吆喝，也不还价。大坎土曼十八块，小的十五块，就这个价钱这个货，没啥好商量的。卖掉一只算一只，卖不掉的，傍晚收回家去，第二天又摆在这块地方。他从不挪窝，错过的人有的是时间再回头。钱不够的人，也有足够的时间去把钱凑够。他唯一要做的一件事就是等。等到坎土曼生锈，落满沙土。等到那些挑剔的人，转遍全库车的铁器摊铺再回来。等到库车河边的引水大渠，被泥沙淤死。又要新开一条百里长渠了，全县一半劳力投入挖渠，坎土曼又一次派上大用处，供不应求。

他的坎土曼按大、中、小三排，在地上摆成整齐的梯形，卖掉一只，他会从铁匠铺进一只补上，卖得再多梯形也不会残缺。这是他的牌子，几十年不变。那些低头转街的人，只要路过这儿，看见坎土曼摆成的梯形，就知道是他的摊子，价格、货都不用问，想买的挑选一只，钱一付就走，不会有任何变动。

那些卖坎土曼的，没有招牌，没有铺子，就街边一小块空地，东西就地一摆，但每个人都摆卖出一种样子，绝不会有重复。

你看那个大热天戴皮帽子的老汉，他的坎土曼沿街边摆成一长溜子，从小往大排过去，他蹲在尽头，像一只最大号的坎土曼。买货的人从那头挑选过来，好一阵才能走到这头。

那个光头巴郎（男孩）的坎土曼，一只一只插在地上，好像每一只都正在挖土，远远看去有上百只坎土曼在挖那块地。

而另一位白胡子老汉的坎土曼，也是立在地上卖，却全部刃口向上，仿佛干完了活，全都白刃朝天晒太阳呢。

还有的坎土曼挂在墙上卖，像一张张维吾尔族人的铁青脸谱。

只要这条街道不变，卖坎土曼人的摊位就不变，每个摊子上坎土曼的摆法更不会变。一个一个巴扎，一年又一年地摆卖下去，就成了这条老街上的名牌摊铺，全库车人都会知道。远在塔里木河边草湖乡的农民，活儿干累了靠在埂子上，边抽莫合烟边摆弄自己的坎土曼：我这把嘛，是在老城"一长溜子"上买的，快得很，一点点泥巴都不沾。我的坎土曼嘛，另一个说，是在"梯形"那里买的，钢硬得很，挖柴禾时当镢头一样用，从来不卷刃子。

// 能变成钱的东西

各种各样的吃食，冒着香味儿等候那些嘴和肚子。有钱人吃的抓饭、拌面、缸缸肉，没钱人吃的馕、羊杂碎。在以抓饭闻名的乌恰市场，我看见几个妇女卖煮熟的洋芋蛋，两毛钱一个，四

我的孤独在人群中

毛钱、六毛钱就吃饱肚子——老城的穷人给乡下来的更穷的人们备下简单实在的廉价食物。

赶一天巴扎不能空着手空着肚子回去。

有数的两筐杏子，一麻袋青菜，价格卖好了能吃一盘素抓饭、两个烤包子，卖不好就只有啃自带的干馕子。收成是可以想到的，一年里只有几样东西变成钱：不多的几棵树上的杏子、一小畦没种好的辣子和西红柿。地里的麦子刚够自己吃，埂子上的几行苞谷，早掰掉煮青棒子吃了。屋后的白杨，长粗还得几年。几只土鸡的蛋，一个个收起来，够不够换茶叶和盐。儿子眼看就长大了，要盖房子娶媳妇。对于大多数人，永远不会有意外的收入。只有可以想到的一些损失：那些杏树中的一两棵，杏花被大风吹远，白长一年。不坐果的杏树，密密麻麻长满叶子，遮阳光、挡风雨，秋天落下来，喂羊喂驴。还有那几亩麦子，种不好一半是草，种再好也不会有富裕的粮食，总要损一些养活鸟和老鼠，这些都在意料之中。一年一年，几袋麦子一两只羊，陪伴一家人的日子。父亲老掉了，儿女莫名其妙长大，不会有更多的快乐幸福，但也不会再少。县上的统计报表中，有这些贫困村庄的人均收入，少得不能再少。有没有一份报表，统计这些人的笑声。他们一年能笑多少回，今年和去年的笑声，是否一样多，哪一年人们的笑声减少了。有没有人去问问那些忧郁沉默的人，你怎么不笑，怎么好长时间听不见你的笑声了。有没有人去问那些快乐欢笑的人，你高兴什么呢，有什么高兴事让你一年四季笑个不停。

远路上的新疆饭

// 一

有一年，我们开车去阿勒泰，从天山脚下的乌鲁木齐出发，穿过茫茫准噶尔盆地，往天边隐约的阿尔泰山行进。原打算在黄沙梁吃午饭，那里的路边有几家卖拌面和大盘鸡的野店。所谓野店，就是前后不着村，饭馆的矮房子淹没在路边野草中，四周是沙梁起伏的荒漠。

那时这条穿越荒野的道路旁人烟少，饭馆更少，南来北往的人，行到这里早都饿了，都会停车吃饭。我们却没饿，行车到半中午时，见路边一片瓜地，便沿便道开车到瓜地边，想买个西瓜解渴。一地西瓜明晃晃熟在地里，却找不到看瓜人，没办法买，只好自己摘了吃，吃饱了在瓜皮下压了一块钱，算是付费。

这顿西瓜把我们的午饭耽搁了，到黄沙梁的野店时，都饱着，就说再往前赶，结果一直赶到了黄昏，车里人饥肠辘辘，这时候的大漠落日，就像挂在天边永远吃不到嘴的圆馕。司机说，这段路上再不会有饭馆，也不会有西瓜地。我们穿过沙漠腹地已经到了更加干旱荒凉的阿尔泰山前戈壁。

我的孤独在人群中

　　这时，荒无人烟的路边突然冒出一间矮土房子，土墙上歪歪扭扭写着"沙湾大盘鸡"。赶紧刹车拐进去，车停在院子。所谓院子，就是土屋前一小片修整平坦的戈壁，和屋旁辽阔起伏的戈壁滩连在一起。店里只一张桌子，七八个板凳。女店主的表情也跟戈壁滩一样漠然，不冷不热地说一句"你来了"，那语气像是认得你。你似乎也觉得认识她，只是记不起来。她提着大茶壶，给每人倒一碗茶，那茶仿佛泡了一天，跟外面的黄昏一般浓酽。

　　忐忑地要了一个大盘鸡，问多久炒好。说快得很，一阵阵。果然喝几碗茶工夫，做好的大盘鸡端上来了，那盘子占了大半个桌子，鸡块、土豆块、辣子满满堆了一大盘。四双筷子齐刷刷伸过去，没人说一句话，嘴全忙着啃鸡，忙着吃里面的皮带面。太阳什么时候落山的都不知道，小店里渐渐暗下来时，我们才从贪吃中抬起头来，彼此看看，谁学着女店主的腔冷冷地说了句"你来了"，大家都笑起来。

　　我全忘了坐在一桌的人是谁，我们因什么事踏上了去阿勒泰的这趟旅行，只记得吃着大盘鸡的瞬间，我侧脸看着窗外荒天野地里的彤红晚霞，地平线清晰地勾勒出大地的边沿，那是我在千里之外的小县城，时常看见的天边，我们开车跑了一整天，她还是那么远。仿佛比我在别处看见的更远。那一刻，一顿荒远的晚饭，就这样长久地留在了回味里。

　　多年后再走那条路，有意把时间磨到黄昏，想再坐在那小店的窗口，吃着大盘鸡看荒野落日，想再听那恍惚的一句"你来了"……沿路经过一个又一个路边饭店，一直把天走黑，那土房子再也找不见。

// 二

大盘鸡是我家乡沙湾发明的一道大菜，说是菜，其实也是饭。新疆饮食大多饭菜不分，拌面、抓饭、手抓肉都是饭里有菜，菜饭合一。大盘鸡也一样，主菜鸡，配料辣子、洋芋、葱姜蒜，外加特制皮带面，搅拌在一起，结实耐饿，适合在路途中吃，也方便在偏远路边店炒制，剁一只鸡，配一把辣皮子，一只铁锅便能炒制出来。

大盘鸡发明那些年，我在沙湾城郊乡农机站当管理员，常被拖拉机驾驶员拽去吃大盘鸡，那些跑远路的司机，吃遍天山南北，还是觉得大盘鸡好吃。好在哪儿，可能就是盘子大，可以放开吃。不像那些小碟子小碗的吃法，都不好意思下筷子。那时大小酒桌上的主菜都是大盘鸡。一大盘子鸡肉摆在面前，红辣皮子青辣椒，白葱绿芹黄土豆，满满当当堆一盘，能让人胃口大开，平添大吃大喝的豪气来。

沙湾大盘鸡在二十世纪九十年代沿公路传到全疆各地。

到现在，好吃的大盘鸡都在路上。后来大盘鸡传到城郊僻街陋巷，生意依旧红火。城里人纷纷开车来吃，城郊乱糟糟的环境能和大盘鸡相匹配。再后来大盘鸡进了城，乌鲁木齐繁华区开过许多大盘鸡店，没多久都倒闭了。不是城市厨师手艺不好，大盘鸡本是一道乡间野路子大菜，在乡村饭馆和路边的简陋餐桌上，它一盘独大，其他菜都围着它转。到了城里的大餐桌上，七碟子八碗，大盘鸡失去了霸主位置，自然就寡味了。

有几年我们在和丰做工程，常走呼克公路，早晨从乌鲁木齐出发，到黄沙梁那一片刚好中午，在路边沙包下的饭馆吃大盘鸡。那几家店我们轮换着吃过，味道都差不多，好不到哪里，只是那个环境，太适合吃大盘鸡了，屋外摆着永远擦不干净也支不稳当的圆桌，除了路，四周是沙漠荒野。有时刮起风，空气中呼呼啦啦地响，一阵沙尘草叶扬过来，大盘里的鸡肉也随之味道丰富起来。

我有一个亲戚，就在黄沙梁北边的沙漠里，开荒种了几千亩地，说了几次让我去他的农场玩。一次我路过黄沙梁，突然想去看看这个当地主的亲戚，打手机接不通，没信号，便驱车往沙漠里开，在岔路纵横的荒漠中凭感觉行驶了三个小时，最终盯着远远的一缕炊烟来到亲戚家的农场。那缕冒着炊烟的矮房子，坐落在一眼望不到边的棉花地边，女主人正在做午饭，见我来了，赶紧让小儿子骑摩托车去喊他父亲。

不一会儿，带着一身农药味的男主人回来了，说在开机子打农药。我说，耽误你干活了。亲戚说，让虫子多活半天吧，没事。说着扭头吩咐女人剁鸡，只听房后一阵鸡叫和扑腾声。又过了一阵子，一大盘鸡便做好端上来。男主人从床底下摸出两瓶沙湾苦瓜酒，我们边吃边喝边聊着棉花收成的事，五个男人，一会儿就把一瓶子酒喝光，第二瓶喝到一半时，主人喊小儿子去买酒，我说喝好了，还要赶路呢。小儿子不听我的，一脚油门，摩托车扬尘远去。

那半瓶酒喝完时，太阳已经西斜到棉花地里。主人看着空了的瓶子，不好意思地说酒很快买来了。我说不能再喝了，还要赶路。男主人说，你来了就不要想走。我说真的有事要走。主人说，你要再说走，我就开挖机去把路挖断。

天色黄昏时，听见摩托车声，小儿子抱来一箱子苦瓜酒。我问去哪买的酒，说公路边的小商店，来回一百多公里。我们等了三四个小时，先前喝上头的酒劲都过去了，主人又吩咐剁鸡炒菜重新喝。我看天色已晚，哪都去不了了，只好任凭主人安排。

第二轮酒是在月亮底下喝开的，酒桌摆在沙地上，白天的闷热过去了，凉风从西边徐徐吹来，月光下轮廓清晰的沙丘像在晃动，月亮也在天上晃动。不知何时，同来的三个人早已躺在沙地上睡着了，司机也在敞开的车门里呼呼大睡，剩下我和亲戚举杯对饮。

荒漠之中，明月之下，两个喝高了的人，嗓音高低不平地说着明早肯定会忘记的滔滔大话，那话随月亮升高，又随沙丘起落。

我就在那时听见屋后面的鸡叫，先是一只，接着三只五只，远远地，沙漠那边的鸡叫也传过来。我看着盘子里剩了一大半的鸡肉，突然嗓子发痒，我从自己一个接一个的打嗝声里，也听见了鸡叫。

我的孤独在人群中

// 三

在新疆，最方便在野外吃的还有手抓羊肉，一锅水，一只羊，煮熟了吃，做起来比大盘鸡还简单。

一次我们到伊犁军马场去游玩，中午约在山谷里一户哈萨克牧民毡房吃煮羊肉。到了毡房，牧民说羊去后山吃草了，主人骑马去驮羊，结果一去半天。到太阳西斜，羊驮来了。招待我们的人说，羊远得很，山路也不好走。我们看着主人宰羊、剥皮，肉放进石头支起的大铁锅里，松树枝在炉膛慢慢烧着，我们耐心地等。

跟我们一起等待的还有盘旋天空的一群老鹰，鹰早在牧民马背驮羊下山时就盯上了，一直追踪到毡房前，看着羊宰了，煮进锅里，它们等着吃骨头。几只牧羊犬也等着吃骨头。还有远近草原上的牧民，他们看着天空盘旋的老鹰，就知道鹰翅膀下面的毡房煮羊肉了，一匹匹的马儿，驮着主人朝着这边溜达过来。

羊肉煮熟端上来时天已经黑了，堆成小山的一盘肉里，仿佛已经煮入了牧民上山驮羊的时间、羊在山上吃草的时间、鹰在天空盘旋的时间，以及我们饥饿等待的时间。

那一餐，我们一直吃到半夜，肉吃了一块又一块，每人面前都堆了一堆羊骨头。酒也喝掉一瓶又一瓶，都没有醉的意思。仿佛我们等了大半天的饥饿，要用大半夜才能吃喝回来。

// 四

我的朋友刘湘晨说过他最难忘的一顿饭。

那年他在塔什库尔干拍纪录片，要下山买摄像机电池，站在村口等车，等到快中午，路上连个车影子都没有。就在这时，山坡上说说笑笑来了五个姑娘，在路边的平地上支起帐篷，用石头垒起一个炉灶，放上铁锅，便开始架火烧饭。我的朋友不知道姑娘们给谁做饭，也不便过去问，就老老实实坐在路边等。等得快睡着了，过来一个姑娘喊他，让过去吃饭。姑娘说，我们在村里看见你在这里等车，今天不一定会过来车，明天后天也不一定有车过来，我们给你搭了帐篷，做了饭，你住下慢慢等。

我的朋友常年在塔什库尔干拍片子，住在当地的塔吉克族人家，早已领略了塔吉克人的热情好客。但这样的奇遇还是第一次。他感激地吃完姑娘们做的清炖羊肉，正打算在帐篷里住下，远远看见一辆运货的卡车开来。他多么不希望这辆车过来，最好明天后天也不要有车来，他就一直住在路边的帐篷里，每天看着五个姑娘在石头垒的炉灶上给他做饭，晚上躺在帐篷里，望着高原上的星星和月亮，做着美梦，等一辆永远不希望它过来的车。

他可能是塔什库尔干最幸福的路人了。

同样的幸福经历我也遇到过。

那次我们驾车去和布克赛尔蒙古自治县牛石头草原探路，那是一处远离县城的高山湿地夏牧场，没有正规道路，汽车走的都是羊道，羊群踩出的道大坑小坑，要把车颠散架似的。一百多公里的路，走了四个多小时。大中午时，一行人进到一户牧民毡房，男人放羊去了。我们给女主人说，能否给做点吃的，我们付钱。

女主人热情地招呼我们上炕坐下，很麻利地铺上一块白色单子，把烤馕和小油饼放在上面，沏上烧好的奶茶，让我们品尝。然后，女主人架着外面的炉子，开始煮风干牛肉。

我们出去游玩拍照。这里是一片高山湿地牧场，一块块的巨大石头，像卧在草原上的石牛，全头朝西，任由西风吹凿出头、身体和鼻子眼睛。草原上还有两个小湖泊，挨得不远，像两只望向天空的眼睛。我们玩得忘记时间，直到听见女主人站在一块大石头上高喊，声音高高地飘到天上又落在草地的大石头间。

那顿肉我们吃得很仔细，肉被风吹干，再煮熟，还是干硬的，只有小块地咀嚼，肉里有风的悠长干燥，有草从青长到黄的香，有石头的咸，有松枝烧柴的火气。一大盘子牛肉，细嚼慢咽地全吃光了。

临走时问主人需要多少钱。

"不要钱。"蒙古族阿妈说。

同行的朋友掏出五百元钱硬塞给阿妈。阿妈拗不过，就收下了。然后，她俏皮地笑着，一人一张把五百元钱塞给了我们一行五人。

像是塞给她的五个孩子。

// 五

那年我和一位作家在维吾尔族朋友陪同下，到库车塔里木乡采风。爱说笑话的乡会计开一辆没刹车的破桑塔纳，拉着我们在渠沟纵横的胡杨林里穿行。矮胖敦实的维吾尔族乡书记坐前面，我们同行三人挤在后排。会计用半生不熟的汉语说，你们不要担心我的车没刹车，刹车多得很，胡杨树、沙包、渠沟都是刹车。确实这样，对面过来一辆拖拉机，眼看撞上了，会计一把方向，直接开到路边沙包上，把车刹住了。

晚饭安排在塔里木河边一户农民家，两间房子，孤孤地坐在胡杨林里。我们进屋脱鞋上炕，炕桌上摆着馕和葡萄干，乡书记让我们坐上席，他和会计坐对面。我们喝着奶茶吃着馕，会计打开自己带来的几包油炸大豆和花生米，乡书记从身后摸出一瓶酒，打开自己倒一杯喝了，又倒一杯给我。维吾尔族喝酒是一个杯子轮流转，转一圈，酒瓶子交给我，我先倒一杯自己喝了，再倒一杯给乡书记，就这样一圈圈地转，几包花生米都吃完了，天上星星出来了。

我以为就这样一直喝下去了，突然房门打开，主人端着一大盘煮熟的羊肉进来，接着提来水壶，挨个给我们浇水净手。乡书记说，刚宰的羊。书记带我们双手捧起做了祈祷。然后，他从腰上的刀鞘里抽出一把刀子，刃朝自己，刀把递给我。我在盘子中间最大的那块肉上割一块自己吃了，又割一块给乡书记，然后刀子递给会计，他麻利地把肉削成小块递给我们，自己也不时塞一块肉在嘴里。

肉吃好已经是半夜了，我以为该开着没刹车的桑塔纳回乡上睡觉了。可是，乡书记又摸出一瓶酒，说刚才是白喝，没有菜。现在菜来了，正式喝。

这场酒从半夜开始，往深夜里喝。与我同行的作家喝几杯说醉了，一歪身躺炕上睡着了。我们在他的鼾声里一杯杯地喝，他睡一觉突然坐起来，说该走了吧。乡书记见他醒了，拉住硬给他灌一杯酒，他又倒身睡过去。我们就在他睡睡醒醒间，喝了一瓶又一瓶。中间有一阵子，我有点迷糊，喝了几杯又醒过来。醒过来我突然开始说维吾尔语，他们都惊奇地看着我，这个前半夜不会说半句维吾尔语的汉人，后半夜张口就是维吾尔语。我用维吾尔语跟他们说笑，给他们敬酒，他们都能听懂我说什么，我也知道我在说什么。似乎我几十年来听到耳朵里的维吾尔语都被酒激活，涌到了舌头根上。

喝到东方泛白，我出去方便，看见房后胡杨树林下隐隐约约的水光，一大片，我沿林间小路走过去，宽阔的塔里木河出现在眼前。整个一夜，我们就在塔里木河沉静的涛声里喝着酒，却浑然不知。

我从河边回来时，听见了鸡叫。天渐渐亮起来，从水流中能看见亮起来的天色，胡杨树梢上的叶子也有了亮光。我回到屋里，见他们已经横七竖八躺了一炕，全睡着了，打着呼。那个使劲劝我喝酒的乡会计，还说了两句维吾尔语的梦话，听不清。男主人打着哈欠进来，低声对我说了句话，我听不懂，想回一句，嘴张开，说了半夜的维吾尔语竟半句都找不见。我不好意思地对他笑笑，然后，挤到炕角上和他们一起睡着了。

// 六

好多年前，我和回族画家张永和在老奇台镇采风，中午坐在路边小饭馆门前吃拌面。过来三辆马车，车上堆着空麻袋，显然刚卖了麦子。赶车人把马拴在门口的杨树上，一伙人吵吵嚷嚷在门口的大桌子坐下，我以为他们要大喝一场，粮卖了，人人口袋里装着钱。

可是，他们什么都没要。

其中一个人往里面高喊："老板，来碗面汤，馍馍自带。"

他们从随身布袋里拿出馍馍，每人拿出的都不一样，有白面的、苞谷面的，有花卷，有馒头，摆在桌子上。老板从后堂抱来一摞子大瓷碗，一人跟前摆一个，拿大水勺挨个地加满冒热气的面汤。

"谢谢啦，老板。"其中一个说。

"喝完了再加。"老板说。

他们用面汤泡馍馍很快吃完了，我和永和吃过拌面，喝着面汤看他们赶马车上路。

问老板他们咋喝个面汤就走了。老板说，今年天灾，粮食收得少，农民都舍不得吃拌面，就要一碗面汤对付了。

"不过，他们收成好的时候会过来好好吃一顿。"老板又说。

面汤是新疆最暖人的汤，不要钱。吃完拌面，最舒服的就是喝碗面汤了，汤里全是面的味道，略咸，喝一口下去，面汤烫烫地穿过刚入胃的拉面，那些香味又被勾回来。

有一个笑话，店小二给老板说："一食客吃完拌面没付钱走了。"老板问："喝面汤没？"小二说："没喝。"老板说："那就没事。"过了会儿，果然食客急匆匆回来，让老板上碗面汤。

我在沙湾金沟河乡农机站工作那两年，每天中午到乌伊公路边的饭馆吃拌面，一次一位种棉花的农民坐在对面，和我一样要了拌面，菜和面端上来时，他先把一小半菜拌在面里，很快吃完，喊一声"老板，加面"。剩下的菜分一半到新加的面里，吃完再喊一声"老板，加面"，待面上来，把其余的菜全拌进去，菜盘子拿面掺干净，呼噜呼噜吃了，又喊一声"老板，面汤"。

我被他的吃法感染，也喊了声"老板，加面"，面加了却没吃完。

听老板说，附近种地的农民，天刚亮下地，中午没工夫回家做饭，就到饭馆结结实实吃一顿拌面，然后干到天黑才回家。那一份拌面，要把上半天耗尽的力气补回来，还要撑到天黑。出那么大劲，加几个面都不够的。

路边饭馆的常客多是跑长途的司机，这顿吃了，下顿在千里之外。拌面是最能扛饿的，饭量大的加两三份面，再喝一两碗面汤，弓腰进来，挺着肚子出去。吃拌面的人，吃到加面才是最香的，加面不要钱，最后那碗面汤也不要钱。这是新疆饭的厚道，管吃饱喝好。

进到新疆的大小饭馆，主人先倒一碗烫茶，再问你吃啥。茶水也是免费的。一个不产茶的地方，竟然免费给客人喝茶。

那几年我常坐在路边饭馆喝茶，道路坑坑洼洼，汽车远去后，扬起的尘土缓缓落下来，像岁月一样，落在身上头上，我不管不顾地坐着。那时我年轻迷茫，看着远去的汽车会莫名伤感，仿佛什么被带走了，让我变得空空荡荡，又满眼惆怅。

多少年后我还喜欢在路边的小饭店吃饭，望着往来车辆，想找到年轻时的那份忧伤。我二十多岁时，在尘土飞扬的路边，想望见四十岁、五十岁的自己，到底走到了哪里。如今我年近六十岁，知道已走在人生的远路上，此时回头，看见二十岁的自己还在那里，我在他远远的注视里，没有迷路，没有走失。

喀纳斯灵

// 风流石

景区康剑主任盯着这块石头看了好多年。他在这一带长大，小时候他看这块石头会害着脸红，觉得那块像男人的石头爬在像女人的石头上，耍流氓。长大以后他觉得石头的姿势美极了，他是一位摄影家，拍了好多张石头的照片，最美的一张是黄昏时分，抱在一起的男女石头人，裸露身体，在霞光彩云的山坡上做着天底下最美的事儿。

康剑说，这个石头叫风流石，也有人叫情侣石。

我说，叫风流石好。风流自然。石头的模样本来就是风流动造化的，风是这里的老住户，山里的许多东西是风带来的。

康剑让我给风流石写篇美文。

我说，题两句诗吧。我想起陆游的诗句：花如解笑还多事，石不能言最可人。我把"可人"改成"风流"，石不能言最风流。两句改写的古诗就这样轻易地刻在了景点的巨石上。这是我的字第一次刻上石头，心中的忐忑与激动跟三十年前我的诗第一次变成铅字发表时一样。

石头有了名字和题诗，它还需要一个传说。

我们在山谷里找两块石头的传说。这样绝妙造化的石头不可能没有传说。以前我在新疆其他地方，也干过类似的活儿。这里的游牧人，自古以来，用文字写诗歌，却很少用它去记时间历史。时间在这里是一笔糊涂账，有的只是模糊的传说。

传说有两种方式，口传和风传。

口传就是口头传说，从一张嘴传到另一张嘴。一个故事传几代几十代人，或者传走调，或者传丢掉。

传走调的变成另一个故事，继续往下传。传到今天的传说，经过多少嘴，走了几次样，都无法知道。有时一个传说在一条山谷的不同人嘴里，有不同说法。在另外的地方又有另外的说法。俗话说，嘴是两张皮，咋说咋有理。又说，话经三张嘴，长虫也长腿。长虫就是蛇，蛇经过三张嘴一传，就长出腿了。传到今天的传说，大多是长了无数腿的长虫。

风传是另一种隐秘的传递方式。口传丢的东西，风接着传。这里的一切都在靠风传。风传播种子，传扬尘土，传闲话神话。风从一个山沟到另一个山沟，风喜欢翻旧账，把陈年的东西翻出来，把新东西埋掉。风声是这里最老的声音，所有消失的声音都在风声里。传说是那些消失的声音的声音。据说古代萨满能听懂风声。萨满把头伸进风里，跟那些久远的声音说话。

我也把头伸进风里。

这个山谷刮一种不明方向的风，我看天上的云朝东移，一股

我的孤独在人群中

风却把我的头发往南吹。可能西风撞到前面的大山上，撞晕了头。我没在山里生活过，对山谷的风不摸底。我小时候住在能望见这座阿勒泰大山的地方。那是准噶尔盆地中央的一个小村庄，从我家朝南的窗户能看见天山，向北的后窗望见阿勒泰山。都远远地蹲在天边，一动不动。我那时常常听见山在喊我，两边的山都在喊我。我一动不动，待在那里长个子，长脑子。那个村庄小小的，人也少。我经常跟风说话。我认得一年四季的风。风说什么我能听懂。风里有远处大山的喊声，也有尘土树叶的低语。我说什么风不一定懂，但它收起来带走。多少年后，我听到自己的声音，它走遍世界被相反的一场风刮回来。

长大后我终于走到小时候远远望见的地方。再听不见山的呼唤，我自己走来了。

传说能对风说话的人，很早以前走失在风中。风成了孤独的语言，风自言自语。

在去景区半道的图瓦人村子，遇见一个人靠在羊圈栏杆上，仰头对天说话。我以为见到了和风说话的人。

翻译小刘说，他喝醉了。

一大早就喝醉了？我说，你听听他说什么。

小刘过去站了一会儿。

小刘说，他在说头顶的云。他让它"过去""过去"。云把影子落在他家羊圈上，刚下过雨，他可能想让羊圈棚上的草快点晒干吧。

　　风流石的传说是我在另一个山谷听到的。我们翻过几座山，到谷底的贾登裕时，风也翻山刮到那里。云没有过来，一大群云停在山顶，好像被山喊住说啥事情。我看见山表情严肃，它给云说什么呢，也听不清。

　　我把头伸进风里。

// 传说

　　牧主的儿子哈巴特风流成性，经常在附近牧场勾引少女，抱到山石上寻欢。牧民们认为哈巴特的行为败坏风俗，便从喀纳斯湖边请来一男一女两个萨满巫师，惩治哈巴特。男萨满目睹哈巴特的行为后，摇摇头走了。男巫师说，我能降妖除魔，但我降服不了人的情欲。

　　女萨满巫师留下来。女巫师装扮成美丽少女，在草场放牧，被哈巴特勾引去。正当哈巴特和少女寻欢时，女巫师现出原形。哈巴特看到刚才还水灵灵的美丽少女，转眼间又老又丑，惊恐不已。可是，这时哈巴特已经跑不掉了，他被女巫师牢牢抱住，就这样过了一千年又一千年，哈巴特还是没有从这个又老又丑的女巫师身上脱身。

我的孤独在人群中

民间传说女萨满巫师用一种"锁"的法术，把哈巴特的身体牢牢锁住。哈巴特所以能勾引那么多痴情少女，是因为哈巴特有一把闪闪发光的金钥匙，女人都很难经受金钥匙的诱惑，它轻易地打开少女的心灵和情欲之锁。可是，女巫师的锁不一般，它专门锁钥匙，钥匙插进去，锁就把钥匙锁住，拔不出来。被牢牢锁住的哈巴特就像青蛙一样爬在女巫师上面，他使多大劲都无法脱身。

哈巴特的父亲听说心爱的儿子被女巫师锁住，从喀纳斯湖边请来另一个萨满巫师，萨满目睹这一情景后说：我能救苦救难，但被女人锁住的男人，我救不了。

哈巴特和他身下的女人，就这样紧紧抱了千万年，双双变成石头。

变成石头的哈巴特，还是被牢牢锁住。早些年牧场的人嫌这两块男女石头抱在一起不雅观，把未成年的孩子都教坏了。几个成年人扛木头撬杠上来，想把两个石头分开。折腾了半天，累得满头大汗，石头丝毫未动。前几年修公路，工人想把上面那块石头搬下来垫路基，吊车开上去，钢丝绳绑在石头上，却怎么也吊不起来，上面的石头紧紧连在下面的石头上。听说还有人拿了一包炸药，放在两块石头中间，爆炸声把草场的牛羊都吓惊了，两块石头仍然紧抱在一起。

那以后再没有人敢动这块石头。它成了受人敬畏的神石。当地人都叫它们风流石，也有人叫它们情侣石，都没错。即使没有这个传说，两块石头这样抱几千年几万年，也早抱出感情。你看它们还是很动情的样子。

相传这块石头有一种神奇魔力，女人只要虔诚地盯着它看三分钟，就能获得一种锁住男人的魅力，让男人永生永世对自己不离不弃。当地的女人，发现男人有外遇就来看这块石头。眼睛一眨不眨地看三分钟，看完回去后，男人的心和身体都回来了。渐渐地，石头的魔力被外面人知道，好多家庭不和情感不顺的女人，都来看这块石头。有的还带着自己的丈夫或男友来看。据说男人看过这块石头，都吓得不敢风流了。

// 湖怪

湖怪伏在水底，我们不知道它是什么。它也不知道我们是什么。它偶尔探出水面，望望湖上的游艇和岸边晃动的人和牛马。它的视力不好，可能啥都看不清。可它还是隔一段时间就探出来望一望。它望外面时，自己也被人望见了。人的视力也不好，看见它也模模糊糊。我们走访几个看见湖怪的人，都描述着一个模糊的湖怪样子。这个模糊样子并不能说明湖怪是什么。

在喀纳斯，看见湖怪的人全成了名人。好多人奔喀纳斯湖怪而来，他们访问看见湖怪的人。没看见湖怪的人默默无闻，站在一旁听看见湖怪的人说湖怪。

我的孤独在人群中

牧民耶尔肯就没看见过湖怪，他几乎天天在湖边放牧，从十几岁，放到五十几岁，湖怪是啥样子他没见过。他的邻居巴特尔见过湖怪，经常有电视台记者到巴特尔家拍照采访，让他说湖怪的事。每当这个时候，没看见湖怪的耶尔肯就站在一旁愣愣地听。听完了又到湖边去放牧。他时常痴呆地望着喀纳斯湖面。他用一只羊的价钱买了一架望远镜，还随身带着用两只羊的身价买的数码照相机。他经常忘掉身边的羊群，眼睛盯着湖面。可是，他还是没有看见湖怪。湖怪怪得很，就是不让他看见。比耶尔肯小十几岁的巴特尔，在湖边待的时间也短，他都看见好多次湖怪了，耶尔肯却一次也看不到。

水文观察员很久前看见湖怪探出水面，他太激动了，四处给人说。有一天，当他把看见湖怪的事说给湖边一个图瓦老牧民时，牧民盯着他看了好一阵，然后说："你这个人怪得很，看见就看见了，到处说什么。"水文观察员后来就不说了，别人问起时直摇头，说自己没看见湖怪，胡说的。

但图瓦老牧民的话被人抓住不放。这句话里本身似乎藏着什么玄机。图瓦老人为什么不让人乱说湖怪的事。湖怪跟图瓦人有什么关系？湖怪传说的背后，似乎隐藏着一个更大的怪。这个怪是什么呢？

我们去找那个不让别人说湖怪的图瓦老人。只是想看看他。没打算从他嘴里知道有关湖怪的事。一个不让别人说湖怪、生怕别人弄清楚湖怪的人，他的脑子里藏着什么怪秘密？

可惜没找到。家里人说他放羊去了。

"那些说自己看见湖怪的人，一个比一个怪。不知道他们以前怪不怪，他比别人多看见了一个东西。这个东西是多少人想看见但看不见，他也许没想看见但一抬头看见了。看见了究竟是个什么？又描述不出来。只说很大。离得远。有多远？没多远。就是看不清。有人说自己看清楚了，但说不清楚。"康主任说。

康主任领导着这些看见湖怪和没看见湖怪的人。他当这里的头儿时间也不短了，湖怪就是没让他看见过。

我们坐游艇在湖面转了一圈，一直到湖的入口处，停船上岸。那是一个枯木堆积的长堤。喀纳斯湖入口的水不大也不深。湖就从这里开始，湖怪也应该是从这里进来的吧。如果是，它进来时一定不大，湖的入口进不来大东西。而喀纳斯湖的出口，也是水流清浅。湖怪从出口进来时也不会太大。那它从哪来的呢，那么巨大的一个怪物，总得有个来处。要么是从下游游来，在湖里长大。要么从山上下来，潜进水里。以前，神话传说中的巨怪都在深山密林中。现在山变浅林木变疏，怪藏不住，都下到水里。

潜在湖底的怪好像很寂寞，它时常探出头来，不知道想看什么。它的视力不好。人的视力肯定比它好，但水面反光，人不容易看清楚。游艇驾驶员金刚看见湖怪的次数最多，在喀纳斯他也最有名，他的名字经常在媒体上和湖怪连在一起。他也经常带着外地来的记者或湖怪爱好者去寻找湖怪，但是没有一次找到过。尽管这样，下一批来找湖怪的人还是先找到金刚，让他当向导。金刚现在架子大得很，遇到小报记者问湖怪的事，都不想回答，让人家看报纸去，金刚和湖怪的事都登在报纸上。

我们返回时湖面起风了，一群浪在后面追，喀纳斯湖确实不大，一眼望到四个边。这么小的湖，会有多大的怪呢？快靠岸时，康剑很遗憾地说，看来这次看不到湖怪了。康主任希望湖怪能被我们看见。他认为让作家看见了可能不一样。作家也是人里面的一种怪人。作家的脑子是一片深不见底的大湖，湖底全是怪。作家每写一篇东西，就从湖底放出一个怪。我们这个世界，还有那么多人对作家的头脑充满好奇，像期待湖怪出水一样期待作家的下一个作品。他们也很怪，盯住一个作家的头脑里的事情看，看一遍又一遍，直到作家的头脑里再没怪东西冒出来。天底下的怪和怪，应该相互认识。康主任想看看作家看见湖怪啥样子，喊还是叫，还是见怪不怪。可能他认为怪让作家看见，算是真被看见了。作家可以写出来。其他看见湖怪的人，只能说出来。而且一次跟一次说的不一样。好像那个怪在看见他的人脑子里长。那些亲眼看见湖怪的人，对别人说一百次，最后说得自己都不相信了。好像是说神话和传说一样。

我是相信有湖怪的，我没看见是因为湖怪没出来看我。它架子大得很。它不知道我是什么东西。我的名字还没有传到水里。我脑子里的怪想法也吓不了湖里的鱼。但我知道它。如果我在湖边多待些日子，我会和它见一面。我感觉它也知道我来了。它要磨蹭两天再出来。可我等不及。我离开的那个中午，它在湖底轻轻叹了口气，接着我看见变天了。

回来后我写了一首《湖怪歌》。

湖怪藏在水底下
人都不知道它是啥
它也不知道人是啥

有一天，湖怪出来啦
它也不知道它是啥
人也不知道人是啥

就几句，套进图瓦歌曲里，反复地唱。这是唱给湖怪的歌。也是湖怪唱的歌：它不知道人是啥。

// 山

在自然界中，山最不自然。从我进阿勒泰山那时起，就觉得

我的孤独在人群中

山不自然。它的前山地带没一座好山，只是一堆堆山的废料。山造好了剩下的废料堆在山前，堆得不讲究。有些石头摞在别的石头上，也没摞稳，随时要坠下来的样子。有的山和山，挨得太近，有的又离得太远，空出一个大山谷。好在山和山没有纠纷，不打架。高山也不欺负矮山。山沟与山沟靠水联系。山没造好，水就乱流，到处是不认识的河谷。

有的山看上去没摆好姿势，斜歪着身子，不知道它要干啥。是起身出走，还是要倒头睡下。这些大山前面的小山，一点没样子。而后面的大山又太大，地太小，山只能趴在那里。阿勒泰山就这样趴着，它站起来头和身子都没处放。坐下也不行，只能趴着。像山这么大的东西，可能趴下舒服一些。我从远处看阿勒泰山是趴着的，走进山里，山在头顶，仍然看见它是趴着的。它站起来头会顶到天外面去。可能天外面也没地方盛放它。我们人小，站起趴下都在它的怀抱里。

山的怀抱是黑夜。夜色使山和人亲近。山黑黝黝地蹲在身旁，比白天高了一些，好像山抬了抬身体，蹲在那里。

在喀纳斯村吃晚饭时，我一抬头，看见对面的山探头过来，一个黑黝黝的巨大身影。天刚黑时我看山离得还远，坐下吃饭那会儿，看见山近了，旁边的两座山在向中间的那座靠拢，似乎听见山挤山，相互推搡的声音。前面的山黑黑地探过头，像在好奇地听我们说山的事情，听见了扭头给后面的山传话，后面的又往更后面传，一时间一种哗哗哗的声音响起来，一直响到我们听不见的悠远处，在那里，山缓慢停住，地辽阔而去，地上的田野、道路和房子悠然展开。

山这么巨大的东西，似乎也心存孩子般的好奇。我感到山很寂寞。我们凑成一桌喝酒唱歌，山坐在四周，山在干什么。如果山也在聚餐，我们就是它的小菜一碟。可能它已经在品尝我们的味道，它嫌我们味道不足，让我们多喝酒，酒是它添加给我们的佐料，酒让我们自己都觉得有味了。山把有酒味的人含在嘴里，细细品尝，把没酒味的人一口吐出来，拨拉到一边。

早晨起来，我看见昨晚凑在一起的山都分开了。昨晚狂醉在一起的人，一个瞪着一个，好像不认识似的。

// 月亮

月亮是一个人的脸，扒着山的肩膀探出头来时，我正在禾木的木屋里，想象我的爱人在另一个山谷，她翻山越岭，提着月亮的灯笼来找我，轻敲木门。我忘了跟她的约会，我在梦里去找她，不知道她会来，我走到她住的山谷，忘了她住的木屋，忘了她的名字和长相。我挨个地敲门，一山谷的木门被我敲响，一山谷的开门声。我失望地回来时满天星星像红果一般在落。

我的孤独在人群中

就是在禾木的尖顶木屋里，睡到半夜我突然爬起来。

我听见月亮喊我，我推窗出去，看见月亮在最近的山头，星星都在树梢和屋顶，一伸手就够着它们。我前走几步，感觉脚离地飘起来，月亮把我向高远处引，我顾不了许多。

我童年时，月亮在柴垛后面呼唤我，我追过去时它跑到大榆树后面，等我到那里，它又站在远远的麦田那边。我再没有追它。我童年时有好多事情要做，忙于长个子，长脑子，做没完没了的梦。现在我没事情了，有整夜的时间跟着月亮走，不用担心天亮前回不来。

夜色把山谷的坎坷填平，我的脚从一座山头一迈，就到了另一座山头。太远的山谷间，有月光搭的桥，金黄色月光斜铺过来，宽展的桥面上，只有我一个人。

我高高远远地，蹲在那些星星中间，点一支烟，看我匆忙经过却未及细看的人世，那些屋顶和窗户，蛛网一样的路，我从哪条走来呢？看我爱过的人，在别人的屋檐下生活，这样的人世看久了，会是多么陌生，仿佛我从未来过，从我离开那一刻起，我就没有来过，以前以后，都没有过我。我会在那样的注视中睡去。我睡去时，满天的星星也不会知道它们中间的一颗熄灭了。我灭了以后，依旧黑黑地蹲在那些亮着的星星中间。

我回来时月亮的桥还搭在那里，一路下坡。月亮在千山之上，我本来可以和月亮一起，坐在天上，我本来可以坐在月亮旁边的一朵云上，我本来可以走得更高更远。可是，我回头看见了禾木村的尖顶房子，看见零星的一点火光，那个半夜烧火做饭的人，是否看见走在千山之上的我，那样的行程，从那么遥远处回来，她会为我备一顿什么样的饭菜呢。

从月光里回来我一定是亮的，我看不见我的亮。

木屋窗户敞开着，我飘然进来，看见床上睡着一个人，面如皓月。她是我的爱人。我在她的梦里翻山越岭去寻找她。她却在我身边熟睡着。

斯古拉

// 一

这一天的时光是给斯古拉的。所有向上的路走向斯古拉,每一双眼睛都朝她仰望。

我相信仰望可以像云雪一样寄存在天上。几百年里人们对她的仰望,一层层,在山上又堆出看不见的山。后来人们所望的,只是自己日渐堆高的敬仰。

我相信所有仰望的目光都会回来。

这一天,我看见几百年里人们朝她望去的目光在返回来,从银白的峰巅、从云朵、从阳光透彻的虚空中,那些目光回望过来。

我迎着她们在望。

这一天我们被一座山的回忆照亮。那些马蹄和人的脚,踩在往日的蹄印脚印上。

仿佛我们是无知时间里的重来者,仿佛初次望见她的惊喜里包含着不知道的无数次。

那些满含眼泪的仰望,比天空还空的仰望,像看自己的亲人、情人的仰望,什么都看不见被孙女搀扶着上山的盲人阿妈的仰望,跪拜的人群后面羊的仰望、马和牦牛的仰望，都寄放到她头顶的天空了。

　　谁都不说他们望什么，谁都不告诉谁望见什么，小孩见大人望就跟着望，牛羊见人仰望也跟着望。我们见所有人在仰望也跟着望。在这个永远不需要问什么的仰望里，我们清晰地看见自己，和这座大山里跟我们一样的陌生熟人。

// 二

　　这一年年的时间都是给斯古拉的。山脚下叫长平的藏人村庄，叫四姑娘的小镇，都为她忙碌。

　　赞增说他的马就是为斯古拉买的，以前他在外打工，当厨师。几年前回到村里，买了这匹马，往山上接送游人。

　　来看斯古拉的人越来越多。早先只是当地藏人祭拜斯古拉。每年端午节的前两天，是属于斯古拉的。这一天，人们把所有的活停下，大人、老人、小孩，远处近处的人，聚拢在一起，都往山上走。牦牛和羊也往山上走，它们供祭祀用，只有上山的路，没有返途。

　　赞增居住的长平村，上千口人和三千匹马，都为斯古拉干活，把游人驮上山又驮下来。他们卖马的力气挣钱。

　　赞增说，他每天上下跑两三趟，只收个马的钱。自己来回牵马，

我的孤独在人群中

都没算钱。

赞增一家五口人，夫妻俩、两个孩子和岳母，妻子在县上照顾大孩子上学，岳母在家里照顾小孩子，一家人所用全靠他的马挣钱。

家里养了三头牦牛，跟邻家的牦牛一起放在沟里，闲了去看看，牦牛不会跑远。人去山里看牦牛时，会带点盐，牦牛爱吃盐。主人给牦牛喂盐的地方，就成了他们的约会点。还有几只羊，它们中的几个，是每年供给斯古拉的。

马道旁不时有巨石悬卧，上面刻有地震坠石文字。

赞增说，"5·12"汶川地震那天，他在斯古拉对面的山上采虫草。整个山轰隆隆巨响，像要垮塌下来，山上的巨石往下滚落。赞增说他从来没有经历过这样的事情，还以为采虫草得罪了斯古拉，手里的虫草赶紧扔掉，双手紧紧抓住树干。

"一棵大松树轰隆隆摔倒，砸在石头上。石头也从头顶滚下来。我吓得蹲在地上。那个时候，不知道抓住什么可靠。抱住石头，石头往下滚。抱住树，树在倒。"

赞增就在那时看见对面的斯古拉，她摇晃着，双臂伸开，像在跳藏族舞。只跳了几步，突然停住。她一停住，所有的山和树，都停住不动了。

马道在乱石和松林间穿行，松树高大蔽日，随处可见倒伏的大树，横架成桥，像要渡什么过去。

步行和骑马的人混杂一起，人像矮树桩，直直斜斜插满山路，

都面朝上，脖子伸长，走一截停下缓口气，这里空气本来稀薄，
上山的人一多，就更不够用。

// 三

斯古拉脚下的简易客栈，歇息疲乏的人和马。炉火在这里也
有气无力，烧不开一壶水，煮不熟半锅面条。

多数人走到这里原路返回，多数人没有往高处走的时间和气力。

一些人走向海拔更高的下一个营地。我们斜躺在草坡，看步
行和骑马的人，拐一个弯消失在山谷。在下一个营地，炉火的力
气只能把水烧开到不烫手的温度。马匹全在那里停住，再往上的
路是人的，那些陡峭山岩上没有马的落脚处。

还有人往更高处走，走到他们在来路上远远看见的半山腰，
站在那里望一路经过的村庄城镇，望游丝一样隐约在山谷林间的
路，望朝着斯古拉涌来的人和车辆。

极少数的人攀到峰顶，用剩下的半口气支起沉重的身体，在
凛冽寒风吹起的雪片里，面如雕塑，朝下望他们活过的人世，望
丢在那里的忧伤和痛苦。据说攀到顶峰的人会莫名地忧伤，无论
一个人或几个人。寒冷把表情冻住，不费力气的忧伤，跟在一口
口费劲的呼吸后面。没有忧伤，人会断气。

更多时候攀顶的人被罩在云里，什么都看不见。他们出发时

我的孤独在人群中

山顶晴朗，爬到山腰看见一团团的云飘过头顶，云是斯古拉掀开又披上的白头巾，山有心事，云便汇聚，聚多了下一场雪。阿坝的群山下雨时，斯古拉顶上在飘雪。

每年都有攀登者坠落。山风大，风推着雪和人往上。上山时人抱着一座山，人是山的孩子。下山时人抱不动自己这块石头了。坠落的都是下山的人。人要下山，还有一个东西比人更着急下山，那是人的忧伤，它跟在后面，像一个雪球越滚越大。

// 四

其实我只看了她一眼。

山路一转，她突然悬浮在半空，完全不像这座山里的山。别的山都翠绿，她银白。别的山蜿蜒起伏，她陡然而立，一尊纯银的锐利山峰，亭亭玉立在群山之上，跟这个世界脱离得干干净净。

这一刻起所有的目光被她吸引。

他们叫她女神。

我看见的是几百年里人们积攒在那里的眼神。我久久的注视也积攒在那里。

以后的时间里是她在看我。

我在她的目光里来了又走，她不知道我回到世间的哪个角落去过生活，我在别处沉默和微笑她看不见，我从这个世界消失了她也不会知道。但是，我会因为她而仰起头，她的陡峭让我在某个瞬间挺直腰。我会想着她而忧伤。我的忧伤不费力气，也不危险。

我从没想过去攀上她的峰顶。我的力气或许只够我在世间度日。我喜欢在一条小山沟里，目送日落日出。在那里，我的炉火有足够的力气烧开水，煮熟米面。

可是，当我回到远处，那顿半生不熟的面条还在胃里。我仿佛还奔赴在她的人群马队中，永远都不走近，只是步行到山脚下，仰头看她，看我寄存在那里的目光，和太阳照暖的云朵、和星星月亮、和所有的仰望聚合在一起。

我这样想着她的时候，什么都耽误不了。就像马夫赞增把一年的活干完，到每年端午节前，属于斯古拉的这一天，把所有的事情放下，把马缰绳放开，带着家人步行上山，在正对着她的山顶，煨松烟，磕长头，把一年的平安、一生的心愿默默倾诉给她。

或许我已错过的每年的这一天，在云朵上积攒成完整的一年。那是我留给她的整整一年。当我在世间的时光不够用时，我就来她的永恒里续命，用她的时间做更长久的事。我会看见四季围着她转，而她在唯一的季节里。别的山长松树，长草开花，她周身银白，不参与生长的事。

我会在她的黄昏里，一山山地看落日。我不知道她的太阳落到哪里。四周都是山。每座山都带来不一样的黑夜。斯古拉在她自己的高高白天里，在那里，落得再远的太阳都在她的地平线上，我沉入黑夜的梦也在她的默默注视里。

我的孤独在人群中

月亮在叫

　　那一夜刮风，我听见三层声音，上层是乌云的，它们在漆黑的夜空翻滚、碰撞、磨蹭，挨挨挤挤，向往更黑暗的年月里迁徙搬运。中层是大风翻过山脊的声音，草、麦子、野蔷薇和树梢被风撕扯，全是揪心的离散之声。我在树梢下的屋子里，听见从半空刮走的一场大风，地上唯一的声音是黑狗月亮的吠叫，它在大杨树下叫，对着疯狂摇动的树梢叫，对着翻滚的乌云叫。紧接着，我听见它爬上屋后被风刮响的山坡，它的叫声加入到山顶的风声中，在更高的云层中也一定有它的叫声。它在那里撕心裂肺地叫。我不知道它遇见了什么。对一条狗来说，这样的夜晚注定不得安宁，从天上到地下，所有的一切都在发出响动，都在丢失。它在疯狂跑动的风中奔跑狂叫，像是要把所有离散的声音叫回来。

　　另一夜我被它的狂吠叫起来，循声爬上山坡。我猫着腰，双手爬地，在它走过的草丛中潜行，它在自己的吠叫声里，不会听见背后有一个人爬过来。我在离它不远的草丛停住，看见它伸长脖子，对着天上的月亮汪汪吠叫。我像它一样伸长脖子，嘴大张，却没有一丝声音。

满山坡的白草，被月光照亮。树睡在自己的影子里，朝向月亮的叶子发着忘记生长的光。我扬起的额头一定也被月光照亮，连最深的皱纹里都是盈盈月光。

这时我听见远处的狗吠，先是山坡那边泉子村的，一只嗓门宽大的狗在叫，像哐哐的拍门声，每一句汪汪声都在拍开一面漆黑的大门。紧接着村子北面的几条狗也咣起声，南边大板沟的狗吠也隔着山梁传过来。

此刻我们家的牧羊犬月亮，正昂首站在坡顶明亮的月光里，站在四周汪汪的狗吠中心。

我站在它身后，一声不吭。

我们不在院子的多少个黄昏和夜晚，它独自爬上山坡，用一只母狗的汪汪吠叫，唤起远近村庄的连片狗吠。然后，它循着一个声音跑去，每跑过一片坡地麦田，每爬上一座荒草山顶，都停下来，回头看身后的院子，侧耳听后面的动静。它对这个大院子的不放心，使它一夜夜地不曾跑远，那些夜晚的风声带着满院子树叶屋檐的响声，把它唤回来。它回到自己的院子里吠叫，把远近村庄的狗，叫到书院四周，它们进不了院子，不知道院墙上它独自进出的狗洞。

那样的夜晚，院子没有人，月亮的叫声悠远孤高。它不是叫给我们听，它知道自己的主人在听不见狗吠的远处，它在院子里闻不到主人的气味，从远处刮来的风中也没有主人的气息，整个院子是它的，悄然矗立的房子是它的，寂静移动的光阴是它的。

又一个夜晚，我听见它吠叫着往山坡上跑，一声紧接一声的狗吠在爬坡，待它上到坡顶，吠叫已经悬在我的头顶。我仰躺在床上，听见它的叫声在半空里，如果星星上住着人，也会被它叫醒。

接着我听见它的叫声跑下山那边的大坡，那个坡似乎深不见底，它的声音正掉下去。其实那边是泉子沟的山谷，不深，只是月亮的吠叫深了，我再听不见。

我担心地躺在床上，不知道什么声音把它喊走了，想起来去看看，又被沉沉的睡意拖住。

那个夜晚，天上的月亮从东边出来，翻过菜籽沟，逐渐地移到后面的泉子沟。这只叫月亮的狗，跟着天上的半个月亮，翻山越岭。

它可能不知道天上悬着那个也叫月亮。但它肯定比我更熟知月亮。它守在有月亮的夜里，彻夜不眠。在无数的月光之夜，它站在坡顶的草垛上，对着月亮汪汪汪吠叫，仿佛跟月亮诉说。那时候，我能感觉到狗吠和月光是彼此听懂的语言，它们彻夜诉说。我能听懂月光的一只耳朵，在遥远的梦里，朝我睡着的山脚屋檐下，孤独地倾听。我的另一只耳朵，清醒地听见外面所有的动静里，没有一丝月光的声音。

它一定知道我在听。

它听见屋后山坡上的响动。有时一场大风在翻过山顶。有时一个人悄然走过，踩动草叶的脚步声被它灵敏的耳朵听见。有时它听见黑云贴地，从后山压过来。它知道我的耳朵听不见黑夜到来的声音。它先在我的门口叫，在窗户边叫。它要先叫醒我，让我知道夜已经变得更黑更冷。

有时它叫得紧了，金子会喊我出去看看。更多时候我懒得出门，打开手电从窗户照出去，光柱对着两侧教室的门窗扫一圈，对着高高的白杨树和松树扫一圈，对着孔子石像前的台阶照下去，大门和外面的马路，被树挡住。

看见手电光它会回来，站在光柱里，扭过头看。我打开窗户，探头出去，喊一声"月亮"，我的喊声在它停息吠叫的大院子里，空空地响着。我关了手电，悄然走在有它陪伴的月光里。它对着月亮叫，我也对着月亮，嘴大张，发出的声音却仿佛是它的。

有时它的叫声在院子外面，在屋后山坡上，我的手电光掠过树梢，朝它对着吠叫的月亮照去。四周没有一点光，两旁黑沉沉的山梁，将远处城市的灯火挡在了另一个世界，所有的光亮都在天上，繁星、银河、月亮。这来自地上的一束手电光，伴随我仰望的一缕目光，在遥遥的月亮上，与一只狗的目光相汇。

有一夜它不停地叫到天快亮，我睡着又被它叫醒，金子一直醒着，她过一阵对我说一句，你出去看看吧，院子可能进来人了。

我说没事，睡吧。

说完我却睡不着，满耳朵是月亮的狂吠。它嗓子都哑了，还在叫。

　　我穿衣出去，手电朝它狂咬的果园照过去，走到它吠叫的教室后面，对着穿过林带的小路上照。全是黑黑的树影。月亮亲热地往我身上蹭，我摸着它热乎乎的额头，它叫了一晚上，就想叫我出来，有东西在夜里进了院子，但我看不见它所看见的。我关了手电，蹲下身，耳朵贴着它的耳朵静听了一会儿，又打开手电，天上寥寥地闪着几颗星星，光亮照不到地上。树挤成一堆一堆，感觉那些高大的树都蹲在夜里，手电照过去的一瞬，它们突然站起来。

　　果真有人进了院子。那是另一个夜晚，我掀开窗帘，看见一个人走进大杨树下的阴影里。我赶紧起床，开门出去，手电对着那块阴影照，什么都没有。月亮在我前面狂咬，沿着穿过白杨树阴影的小路往上走，前面是一棵挨一棵的大树，那个人不见了。

　　我回来睡觉。过了会儿，月亮又大叫起来，我掀开窗帘，看见刚才那个人正从大杨树的阴影里走出来，这次我看清了，他肩上扛着东西，还打着一个小手电。月亮只是站在台阶上狂咬，不接近那个人。

　　我出门喊了一声。那人站住，手电照过去，看见他肩上的铁锨。

　　是书院后面的村民，他在夜里浇地，水渠穿过我们院子，他沿渠巡水。

　　月亮见我出来，胆子大了，直接扑上去咬。我喊住月亮，和那人说了几句话，仍然没认清他是谁。

　　这时东方已经泛白，从对面山梁上露出的曙光，还不能全部照亮书院。我喜欢这种微明，天空、树、房子和人，都半睡半醒。

　　头遍鸡叫了。我们家那只大公鸡先叫出第一声，接着，一山沟的鸡都开始叫。

　　我看看手机，早晨六点。我还有三个小时的回头觉，得把脑子睡醒，不然一天迷迷糊糊，啥事情都想不清楚。

　　另一夜大风进了院子，呼啦啦地摇白杨树和松树，摇苹果树和榆树。月亮在铺天盖地的风声里听见一个人的脚步声，它对着果园狂咬。我也隐隐听见了，像是多少年前我在那些刮大风的夜晚回家的脚步声，被风吹了回来。

　　我起身开门，顶着凉飕飕的秋风，走进月亮吠叫的果园。这时候大风已经把天上的云朵刮开，月光星光，照亮整个院子，我没有开手电，在清亮的月光里，看见一个人站在苹果树下，摘果子。风摇动着果树稍，树下却安安静静。那个人头伸进树枝里摸索一阵，弯腰把摸到的苹果放进袋子。那些苹果泛着月光，我想在他弯腰的一瞬看见他是谁。但是，他一弯腰，脸就埋在阴影里。我在另一棵苹果树下，静静看他摘我们的果子，有一刻他似乎觉察出了什么，朝我站的这棵果树望，我害怕得憋住呼吸，好像我是一个贼，马上要被发现了。接着他又摘了几个果子，然后，背起满满的一袋子苹果，朝后院墙走。

　　月亮突然狂叫着追过去。在我静悄悄站在树下看那人时，月亮靠在我的腿边，它也安静地看着那个人。它或许在等我开口说

我的孤独在人群中

话，它等了很久，终于忍不住，猛地扑了过去。那人一慌，摔倒在地，爬起来便跑，跑到院墙根，连滚带爬，从院墙豁口翻出去。

我没有喊月亮。它追咬到豁口处停住，对着院墙外叫了一阵，又转头回来。

我带着月亮穿过秋风呼啸的果园，不时有熟透的苹果落下来，腾的一声。有时好多个苹果噼噼啪啪地落在身边，我慢慢地走着，弓腰躲过斜伸的树枝。我想会有一个苹果落在我头上，腾的一声，我猛地被砸醒，不由自主地发出疼痛的"哎呀"声。

可是没有，从始至终，我没有发出一丝声音，甚至没有叫一声月亮。

待我回屋躺在床上，突然后悔起刚才自己的噤声。月亮那样声嘶力竭地叫我出去，它是想让我叫一声，它知道那个人在拿东西，它认得贼的样子，它想让只有孤单狗吠的夜里，也有我的一声喊叫。可是，我没有出声。

在我沉睡前的模糊听觉里，月亮孤独的叫声又在外面响起来了，一声接一声地，把我送入凉飕飕的梦中。

在无数个刮风的夜晚，它彻夜不眠，风进院子了，树梢在动，树的影子在动，所有的东西都发出声响，连死去两年的那棵枯杏树，都呜呜地叫。

黑狗月亮的吠叫淹没在巨大的风声里，仿佛它也被风吹着叫，它的叫声也成了风声的一部分。在它过于灵敏的耳朵里，风吹树叶的声音都大得惊人。那时候，我在自己廖远的睡梦中，满世界不安的响动，四周阴森森，我身不由己，被拖进一场恐怖的梦魇中，我奔跑、嘴大张，我的声音像被谁没收了。最后，我拼命喊出的那一声，飘出窗户，被它听见。它猛地转身，从屋后满是月光的山坡回来，从树荫摇曳的果园回来，从只有它自己的吠叫声里回来。它对着我的窗户大叫，它不知道我在梦中发生了什么，但它听见我从未有过的叫声，它拿脊背揉门，像我晚起的那些早晨，它在门口守候久了，拿脊背笨拙地揉门。

　　我在它的叫声里突然醒来。

图书在版编目（CIP）数据

我的孤独在人群中 / 刘亮程著. —— 南京：江苏凤
凰文艺出版社，2023.3（2023.4 重印）
　　ISBN 978-7-5594-6402-6

　　Ⅰ . ①我… Ⅱ . ①刘… Ⅲ . ①散文集 – 中国 – 当代
Ⅳ . ① I267

　　中国版本图书馆 CIP 数据核字（2022）第 142858 号

我的孤独在人群中

刘亮程　著

责任编辑	周颖若
策划编辑	孙文霞　李　辉
特约编辑	李　辉
装帧设计	與書工作室
出版发行	江苏凤凰文艺出版社
	南京市中央路 165 号，邮编：210009
网　址	http://www.jswenyi.com
印　刷	三河市宏图印务有限公司
开　本	880 毫米 ×1230 毫米　1/32
印　张	8.75
字　数	172 千字
版　次	2023 年 3 月第 1 版
印　次	2023 年 4 月第 3 次印刷
书　号	978-7-5594-6402-6
定　价	59.80 元